Kein Augenblick kehrt je zurück

Kein Augenblick
kehrt je zurück

B. Koischwitz

1. Auflage

Copyright 2011 Brigitte Koischwitz
Alle Rechte vorbehalten
Abdruck nur mit Genehmigung der Autorin
Illustrationen Brigitte Koischwitz
Gesamtherstellung: CPI – Clausen & Bosse, Leck
ISBN 978-3-925602-16-0

Inhalt

Kein Augenblick kehrt je zurück …

Nun handelt es sich ja weiß Gott nicht um eine brandneue Erkenntnis, dass Zeit vergeht, gleich leichtem Wind, der für den Hauch eines Augenblicks Wirklichkeit berührt und dann unmerklich weiterzieht.

Doch oh schreckliches Erwachen, wenn der Blick in den Spiegel unmissverständlich zeigt, welch tiefe Spuren, Furchen, Risse, Flecken sie hinterlassen hat, die Zeit.

Plötzlich wird klar, wie verflixt schnell Zeit verändert, ja alles um uns herum sich verflüchtigt, in einem Sog gnadenloser Unwiederbringlichkeit verschwindet.

Menschen verlassen unser Gesichtsfeld, geliebte Plätze fallen dem Bagger zum Opfer, und Geschäfte, in denen man seit Generationen Schlipse und Socken kaufte, löschen für immer die Lichter.

In jenem Prozess der Erkenntnis spüren wir voller Entsetzen, wie Zeit unhaltbar durch die Finger rinnt.

Nie hast du welche, weil es scheinbar nie gelingt, sich welche zu nehmen, weder für sich selbst, noch für andere oder »sonst etwas«.

Dabei ist »sonst etwas« mitunter genau das, wovon wir träumten, es endlich mal zu tun, wir aber es nie schafften, weil eben jene berühmte Zeit nicht dafür reichte.

Ein unendliches Dilemma, welches fast alle Leben durchzieht und von dem sich, warum auch immer, die gesamte Menschheit beuteln lässt.

Dabei ist die Geschichte weitaus fataler, denn bei genauerem Hinsehen wäre für alles, was man da angeblich versäumte, reichlich Zeit gewesen, wenn man sie sich genommen hätte.

Allein augenblickliche Befindlichkeiten, besser: Kleine Bequemlichkeiten im Denken und im anschließenden Handeln, versperren den Blick aufs Wesentliche.

Genaugenommen entwickelt man im Laufe der Jahre ein ausgefeiltes Talent, Zeit mit irgendwelchem Kram zu verplempern.

Beispielsweise plötzlich alle Illustrierten, die man irgendwann abonnierte, aber nie lesen konnte, nach Erscheinungsdatum zu ordnen oder Gras aus Pflastersteinen zu pulen …

Das Schlimme daran: Es ist schrecklich einfach, Zeit zu verplempern.

Bewundernswert schnell stellen wir auch gleich ein ganzes Arsenal an Entschuldigungen bereit.

Wie oft hört man: »Nach der Arbeit geht nichts mehr, bin ich derart kaputt, kann ich mich nur noch aufs Sofa schmeißen, fernsehen und aus die Maus!«

Andererseits auch sehr verständlich, denn welchem Menschen (meistens Frau) gelingt es schon, nach acht Stunden Büroarbeit und zusätzlichem Einkaufstress sich dafür zu begeistern, anschließend Walzer zu tanzen, zu klöppeln oder einen Töpferkurs zu belegen.

Sollte es trotz permanenter Erschöpfung tatsächlich gelingen, für die gesamte Familie ein komplettes Menü zu zaubern, ist man (meistens Frau) danach mit Sicherheit nur noch reif fürs Sofa!

Der tägliche Ablauf nimmt gnadenlos alle Kraft und sitzt der ausgelaugten Seele klebrig im Genick und bestimmt das Leben. Unmerklich ziehen die Jahre vorbei.

Und irgendwann schaut man auf ganz viel Zeit zurück mit der Frage, warum habe ich mir keine Zeit genommen?

Also empfiehlt es sich allein für den Augenblick die Zeit zu nutzen!

Denn »gestern« ist so schnell vorbei, die Tür ist unwiderruflich zu, da kommt niemand mehr dran, geht absolut nichts mehr zu ändern!

Und mit dem »Morgen« ist es ebenso.

Denn was morgen ist, wirst du erst erfahren, wenn das »Morgen« – »Heute« ist.

Also bleibt zum Leben nur der winzig kleine Augenblick!

Das Hier und Jetzt!

Wer das begriffen hat, sollte jeden Augenblick in beide Hände nehmen und ihn so zart behandeln, als wäre er der Einzige, der zur Verfügung steht.

Denn kein Augenblick
kehrt je zurück.
Leben lebt sich Stück für Stück,
eng aneinandergereiht,
im Zuge der Zeit.
In forschem Tritt zieht es uns mit.
Mal im Dunklen, mal im Licht
Nur das Ziel wissen wir nicht!

Gemütlicher Sonntag

Die Sommer, an denen wir uns fröhlich im Freibad zur Abkühlung ins kühle Nass fallen lassen, sind Seltenheit geworden.

Nun, das kann man natürlich trotzdem machen, aber dann könnte es zur Unterkühlung kommen.

Deshalb ist selbst an diversen Sommersonntagen gemütliches Kuschelsofa mit Schnulzenfilmen angesagt.

Wäre schön, wenn das so einfach durchzuführen wäre.

Ist es aber nicht!

Früher, als es nur ein Programm gab, hat die gesamte Familie, Vater, Mutter, Greis und Knabe, gemeinsam ein und denselben Film angekuckt.

Es gab die sogenannten Straßenfeger.

Da konnte jedes Restaurant schließen, kein Mensch hat sich nach draußen begeben.

Unvorstellbar, dass drei Generationen, Ehepaare und Familien mit Kleinkindern zur gleichen Zeit den gleichen Geschmack für einen Film entwickelten.

Da hat das Fernsehen die Familien noch zusammengehalten.

Heute, mit Zigtausenden von Programmen, unvorstellbar!

Jede Familie ist in Themenbereiche aufgeteilt: »Gute Zeiten schlechte Zeiten«, »Der Landarzt«, »Ein Fall für zwei« und »Tatort«-Anhänger.

Für mich beispielsweise bedeutet ein gelungener Fernsehnachmittag ein Tässchen Kaffee ein kleines Stück Kuchen und dazu irgendeine Pilcher-Schnulze. Nicht jedermanns Geschmack, was natürlich zu ziemlichen Reibereien führen kann.

Wie heißt es so schön: Wer zuerst kommt mahlt zuerst!

Gesetzt den Fall ich habe im Wohnzimmer Kaffee und Kuchen auf den Tisch gestellt und gleich den Fernseher angeknipst, dann ist es doch die selbstverständlichste Sache der Welt, dass ich einen Film nach *meinem* Geschmack aussuche.

Nehmen wir mal meine vor lauter Gefühl triefende Pilcherschnulze, wo immer einer böse ist und die anderen übers Ohr hauen will. Dann kommt plötzlich ein ganz lieber Sohn, Tochter, Enkel oder sonst wer und deckt die Lügen auf.

Kurzum: Die Guten heiraten, und der Böse fällt zur Strafe den Berg runter.

Der Kaffee wird eingegossen, der Kuchen auf den Teller bugsiert, und dann geht's los.

Spätestens nach dem ersten Schluck Kaffee fragt der liebste Mensch an meiner Seite: »Willst du wirklich diesen Quatsch da sehen?«

Ich antworte: »Ja, ich will!«

Die ersten Krümel sind grade unter den Tisch gefallen, schon geht es weiter.

Liebster Mann: »Herrschaftszeiten, ist das ein Mist!«

Ich: »Aber die Landschaften sind doch immer so schön und die herrlichen Rosengärten!«

Liebster Mann neben mir deutet mit der Kuchengabel in Richtung Fernseher: »Guck mal genauer hin, das sind doch alles künstliche Rosen. Du kannst mir doch nicht erzählen, dass die echt sind!«

Ich: »Das ist mir wurscht, es sieht aber schön aus. Ich will einfach nur mal schöne Dinge sehen, nicht immer nur kaputte Welten mit Mord und Totschlag. Ist doch besser, wenn sich die Menschen lieben!«

Liebster Mensch: »Also, wenn ich die Handlung richtig verfolgt habe, ist das mit der Liebe bei denen aber ganz und gar nicht so weit her. Der Lover betrügt die schöne Blonde am laufenden Band und hat wohl außerdem noch Frau mit Kind!

Und die Schwiegermutter spinnt bisher die schrecklichsten Intrigen! Wo bitte ist denn da Liebe?«

Ich: »Trotzdem finde ich den Film gut! Und übrigens, dafür, dass du dies alles als Mist empfindest, hast du ganz schön aufgepasst!«

Mann: »Nun, wenn es nichts anderes gibt!«

Ich: »Wer sagt denn, dass du den Film gucken musst!«

Mann: »Ich wollte mit dir Kaffee trinken!«

Ich: »Kannst du doch!«

Mann: »Aber du guckst doch diesen Film!«

»Na, du brauchst ja nicht hinzugucken!«

»Wenn ich hier schon mal sitze, dann gucke ich auch hin!«

»Soll ich den Film ausmachen?«

»Nein, nein, guck du ruhig, ich halte das schon aus!«

»Musst du nicht, ich schalte auch gern für dich um!«

»Nein bloß nicht, dann meckerst du wieder hinterher, ich hätte dich den Film nicht gucken lassen!«

»Ich verspreche, ich meckere nicht. Welches Programm möchtest du?«

»Weiß ich nicht!«

»Du kannst jetzt auswählen, welchen Film du sehen möchtest!«

»Will ich aber nicht: Hundert Programme und nirgends was Gescheites!«

Und so weiter und so fort!

Die Tassen sind leer. Der Kuchen wurde aufgegessen. Draußen klatscht grad wieder ein Schauer herab, aber vom Film habe ich nichts weiter mitbekommen …

In Anbetracht dessen wünscht man sich gern in die ach so friedliche Zeit zurück, wo nur ein einziges Programm zur Verfügung stand!

Alles was das Herz begehrt

Ich denke: Bloß gut, dass das mit der Emanzipation nicht geklappt hat.

Alles ist an uns hängengeblieben.

Oder besser gesagt: Da kannst du als Frau promoviert haben, eine Habilitation erworben haben oder draußen einen Weltkonzern dirigieren: Sobald du das Haus betrittst, schnurrt dein Dasein auf die sogenannte »Hausfrau« zurück. Wenn du auch vorher mit Skalpell und Tupfern reihenweise Menschenleben gerettet hast, in deinem Zuhause sind Putzlappen und Schneebesen dein Operationsbesteck!

Und eigentlich auch wieder ganz förderlich, dass das Einkaufen, Wirtschaften und Haushalten in unseren Händen geblieben ist, sonst wäre die Wirtschaft schon längst im Eimer.

Denn wenn unsereins einkaufen geht, stehen lediglich drei Teile auf dem Zettel, doch wenn ich an der Kasse ankomme, ist der Wagen mit tausend Kleinigkeiten randvoll.

Hier noch ein paar Leckerchen für die Tiere.

Ach, der Tee ist auch bald alle.

Nudeln, die braucht man immer.

Wie? Kaffee im Angebot! Nun der frisst kein Brot! Rein damit!

Eigentlich sollte es ja Buletten und Kartoffelsalat geben, schaff ich aber nicht mehr, das Gehackte wird sich wohl länger halten.

»Bitte noch fünf von den frischen Brühwürstchen, die sehen ja wirklich lecker aus. Eigentlich kann ich die Rouladen für den Sonntag auch schon heute kaufen, also vier davon!«

Schon wird eine pralle Fleischertüte über die Theke gereicht.

Und wie der Zufall es wollte, traf ich Uschi, eine Bekannte aus dem letzten Quigong-Kurs, direkt auf dem Gang zwischen den asiatischen Spezialitäten und den Obstkonserven.

Diese Uschi ließ sich in epischer Breite über ihre missglückte Karpaltunnel-Operation aus. Sie schilderte ihre Erlebnisse derart bunt und schillernd im Blut-und-Spucke-Format, dass mir prompt mulmig wurde und ich mich unauffällig gegen das Regal lehnen musste.

Welch ein Glück: Da gerieten mir doch gerade eingelegte getrocknete Tomaten ins Blickfeld, die ich schon lange kaufen wollte.

Rein in den Korb!

Als Uschi der Verband um ihren frisch operierten Tunnel gelegt wurde, hatte ich bereits fünf Gläschen mit chinesischen Spezialitäten im Korb.

Bei dem feurigen Plädoyer der Anklage über den Murks, den die Ärzteschar an ihr verzapft hatte, waren wir unmerklich ein paar Schritte weiter in die Fischkonservenabteilung abgedriftet.

Ich hörte Uschi aufmerksam zu und schaute sie auch voller Interesse an.

Aber anscheinend konnte ich stereo gucken, denn in Höhe ihrer linken Ohrmuschel entdeckte ich einwandfrei dänische Heringshappen.

Nach einem Dänemark-Urlaub hatten wir sie jeden Tag gegessen. Anscheinend ein Grund, sie wieder mal mitzunehmen, um in Erinnerungen zu schwelgen.

»Willst du mal sehen, wie groß sie sind?«, weckte mich Uschi aus meinen dänischen Träumen.

»Die Happen?«

»Nein, meine Narben!«

»Welche Narben?« Hilfe, ich war aufgeflogen!

»Na hier«, sie zog den Verband ein bisschen zur Seite und ließ mich einen Blick in diesen Tunnel werfen.

»Die sind aber sauber verheilt«, meinte ich.

»Hast du eine Ahnung! Allein die Schmerzen – die Schmerzen ….«

Ich hatte aufrichtiges Mitleid mit ihr und spürte eine tiefe Dankbarkeit, mich nicht mit solcher Krankheit herumschlagen zu müssen.

Aber Uschi hatte noch mehr auf Lager, denn als wir in der Käseabteilung ankamen, begann sie damit, mich detailliert über die Auseinandersetzungen mit ihrer Schwiegermutter zu informieren.

Ein unerfreuliches Thema, denn ich fand die Frau ganz nett.

»Pah«, meinte Uschi nur, »die musst du mal richtig kennenlernen. Ich sage dir, eine Natter, eine Natter ist das!«

In diesem Augenblick wurde mir klar, mich da mal ganz schön rauszuhalten.

Während Uschi unaufhörlich weiterlamentierte, wandte ich mich dem überaus reichhaltigen Käseangebot zu.

Schon wanderten ein, zwei Sorten in mein sowieso schon üppig gefülltes Wägelchen.

Als Uschi mir im Bereich der Spirituosen eröffnete, Schwiegermuttern am liebsten mit Schimpf und Schande aus dem Haus jagen zu wollen, wurde es mir zu bunt.

Bevor sie nach Luft schnappen konnte, um mir auch noch eine neue Tirade über ihre schrecklichen Mieter aufzutischen, bereitete ich meinen freundlichen Abgang vor.

Ich griff nach einer Flasche »Aperol« und meinte, dass ich ja ganz vergessen hätte, dass ich abends noch Besuch bekäme.

»Tschüs, Uschi«, meinte ich nur kurz. Ihr klappte vor lauter Überraschung der Unterkiefer runter, aber ich machte mich schleunigst ab an die Kasse.

Dort angekommen, war der Wagen so voll, dass man hätte meinen können, die gesamte Nachbarschaft würde bei uns mitessen.

Wärmflasche mit puscheligen Ohren?

Es gibt bekanntlich zwei Sorten Wärmflaschen, einmal die mit Ohren und schließlich die ohne Ohren.

Die Ersteren sollen hier heute nicht das Thema werden, sie sind mitunter sehr schwer in der Wartung und geben dauernd Widerworte.

Zwar sind die ohne Ohren mucksmäuschenstill, doch können auch sie sich zu einem komplizierten Unterfangen mausern, insbesondere, wenn sie dann doch über Ohren verfügen, meistens handelt es sich dabei um weiche, kuschelige Plüschohren.

Allein die geschichtliche Wandlung unserer Familienwärmflaschen scheint höchst interessant.

So kann ich mich sehr gut erinnern, dass meine Großmutter mir in grauer Vorzeit, wenn ich zitternd und frierend von der Schneeballschlacht heimkam, mich aufs Sofa in eine Decke packte und mir zur schnelleren Erwärmung zwei in ein Handtuch gewickelte heiße Ziegelsteine, die sie im Backofen aufgeheizt hatte, an meine Füße legte.

Wenn ich es zusätzlich verstand, meinen allerliebsten kindlichen Charme zu versprühen, dann kochte Großmutter heiße Schokolade und setzte sich zu mir und hörte mir zu, was ich alles von draußen zu berichten hatte.

Welch schöne Stunden!

Meine Mutter zeigte sich da bereits fortschrittlicher: Sie verbannte die Ziegelsteine in den Garten und schaffte für diesen Zweck in unserem jungen Haushalt eine längliche Tonflasche an. Ich begrüßte diese Änderung, denn um jene Flasche konnte man herrlich die Füße drumlegen, was bei den eckigen Steinen nicht möglich war.

Jedoch ließ dieses sonst formschöne Ding sehr bald das Wasser entweichen. Peinlicherweise hatte man anfangs sogar mich in Verdacht.

Aber dann stellte sich heraus, dass der Verschluss kaputt war. Deshalb hielt sehr bald ein ovales Gebilde aus Metall seinen Einzug in unser Haus.

Mutter berichtete stolz wie eine Spanierin, diese Wärmflasche würde Generationen überdauern. Von der Haltbarkeit war dem auch nichts entgegenzusetzen, und in Handtücher gewickelt konnte man es auch mit dieser heißen Tonne aushalten. Sie bei Bauchweh auf den Bauch legen oder sich drauflegen war jedoch komplett unmöglich: Sie war einfach zu hart, zu sperrig und zu schwer.

Welch glücklicher Aufschrei ging durch die gesamte Familie, als plötzlich eine solide rote flache Gummiwärmflasche am Haken im Badezimmer hing.

Ein unentbehrlicher Gegenstand für das körperliche Wohlbefinden, denn sie ist in ihren Einsatzmöglichkeiten kaum zu übertreffen.

Dank ihrer leichten Bauweise kann man sie sich nämlich auf Bauch, Kopf und Füße legen, ohne dass sie zu schwer oder zu kantig wirkt.

Selbst als Reisebegleiter, denn fremde Betten sind im ersten Augenblick stets kalt, lässt sie sich ohne Mühe in jeder Tasche unterbringen.

Heißes Wasser dafür findet man auf der ganzen Welt. Ich, die ich nun im Zeitalter der Computer und Raketen lebe, besitze ein ganz besonderes Stück mit Blümchenbezug, und da der Mensch von heute zur Zweitflasche neigt, habe ich auch noch eine mit Teddy-Verkleidung.

Bei Kälteeinbrüchen erweist sich dieser Besitz als wahrer Segen. Deshalb nahm ich die Teddyflasche auf meine Reise mit.

Eine Geschäftsreise, ein paar Tage auf einer Messe standen an.

Mancher denkt nun, toll, was die Frau alles erlebt.

Dazu möchte ich nur bemerken, Messen sind eine überaus anstrengende Sache.

Wenn man den ganzen Tag Besuchermassen an sich vorüberziehen sieht, will man abends am liebsten keinem Menschen mehr begegnen.

Da kann die Geschäftsleitung mit noch so pompösen Einladungen winken, wie: Lachsbüfett im Grand Hotel oder Austern mit Champagner im Ritz, man, in diesem speziellen Fall Frau, sehnt sich nur nach Ruhe!

Im Hotelzimmer angekommen, werden die geschwollenen Füße aus den Pumps gepellt, anschließend eine Flasche Bier und eine Tüte Nüsse aus der Minibar, und das Paradies hat einen Namen.

Genauso ging es mir.

Keine zehn Pferde hätten mich mehr aus meiner dreimal vier Meter großen Behausung gelockt.

Im Fernsehen lief ein spannender Krimi. Also nichts wie ab ins Bett!

In diebischer Vorfreude auf mein warmes Glück zog ich meinen Teddy aus dem Koffer.

Im Badezimmer ließ ich das Wasser etwas länger laufen, bis es richtig knallheiß aus dem Kran sprudelte; damit verschaffte ich meinem Kuscheltier ein warmes Innenleben.

Wohltuend wärmend legte ich ihn mir auf den Bauch.

Allerdings fielen mir planmäßig die Augen zu, bevor sich die Handlung der Räubergeschichte überhaupt richtig entwickelt konnte.

Als mich ein etwas merkwürdiges Gefühl aufweckte, lief längst ein anderer Film.

Wie gesagt ein – merkwürdiges Gefühl!

Schlaftrunken gelang es mir anfangs wahrhaftig nicht, es einzuordnen.

Doch nach und nach wurde mir klar: Ich lag im Nassen.

Um mich herum, unter mir, neben mir. Überall, wohin ich fasste, alles patschnass!

Plötzlich putzmunter, sprang ich aus dem Bett. Nur mein Teddy lag sichtlich verschlankt noch auf dem Laken.

Man glaubt ja gar nicht, wie schnell ein total übermüdeter Mensch von einer Sekunde zur anderen sämtliche Kräfte mobilisieren kann.

Blitzschnell wurde mir klar: An der Stelle, wo sich der nasse Fleck befand, käme ich unweigerlich in den Verdacht, ins Bett gemacht zu haben.

Die Hotelleitung würde mich sicher nur mitleidig angucken, wenn ich alle Schuld auf den Teddy schieben wollte.

Sonst stolzierte ich morgens super gestylt mit hohen Absätzen an der Rezeption vorbei, und abends käme ich mit dem Bericht, mein Teddy hätte ins Bett gepinkelt! Das passte nicht zusammen!

Niemand würde mir Glauben schenken. Eher ein Paket Windeln.

Also hieß es schnellstmöglich handeln.

Und ich handelte.

Als Erstes riss ich das Laken aus dem Bett und legte es mit der nassen Stelle über die Heizung.

Doch nicht genug, war der Inhalt der Wärmflasche auch bis in die Tiefe der Matratze gelaufen.

Da gab es nur eins, mit dem Föhn trocken pusten.

Allerdings kein einfaches Unterfangen, wenn der Föhn fest installiert an der Badezimmerwand hing.

Also puckelte ich die schwere Matratze ins Badezimmer, wobei ich sie mühevoll durch die viel zu enge Tür zwängen musste.

Stunden verbrachte ich mit diesem beschwerlichen Trocknungsprozess.

Der Morgen graute bereits. Nahtlos hätte ich zum Frühstück übergehen können.

Doch ich nutzte die Zeit zum Nachtrocknen meiner Liegestatt und verbrachte den kläglichen Rest der Nacht kauernd im Schreibtischsessel.

Beim Verlassen des Zimmers am nächsten Morgen stellte ich

zwar todmüde aber beruhigt fest: Nichts verriet mein Missgeschick.
Für den Teddy lautete mein Urteil: Verbannung in die Tiefen
des Koffers!

Wer hat den dicksten Po
im ganzen Land?

»Da gibt es doch tatsächlich irgendwo im fernen Afrika einen Stamm, da werden die Mädchen schon in jungen Jahren regelrecht gemästet, damit sie später als Frau einen ordentlich dicken Po aufweisen können.

Eine füllige Frau ist dort ein Statussymbol, ein Schönheitsideal«, berichtete Sabine ihrem Gerd, als sie von der Waage stieg und anschließend nur mit Mühe ihren Bademantel schließen konnte.

»Genaugenommen bin ich also nicht zu dick. Ich lebe nur im falschen Land!«

Als sie das verkündete, schaute sie ihn triumphierend lächelnd an.

Gerd lachte freundlich, hielt sich allerdings kommentarlos zurück, ließ sozusagen die »Sache« im Raum stehen.

Sicherlich sehr weise von ihm, so zu handeln.

Denn erst kürzlich ließ er nur ein einziges Wort diesbezüglich in die falsche Richtung fallen, schon kam es zum Eklat.

Sabine, sonst im normalen täglichen Umgang einigermaßen verträglich, hätte ihn beinahe in besagter Situation eigenhändig in klitzekleine Stücke gerissen …

Nach einem anstrengenden Einkaufsbummel saßen sie ganz friedlich in einem Straßencafé bei einem leckeren Cappuccino.

Die Leute zogen in bunter Mischung an ihnen vorbei. Da gab es allerhand zu bemerken: »Guck doch mal, wie der die Mütze aufhat, … meine Güte was hat die denn an?« usw. usw.

Es gibt nichts Schöneres als Leute gucken und satt darüber zu lästern, denn sich selbst findet man in solchem Augenblick »total« in Ordnung.

Irgendwann stolzierte eine Frau mit riesig hohen Absätzen vorbei. Ihr Busen in der Größe zweier reifer Pampelmusen wippte bei jedem Schritt großzügig auf und ab.

Jede Schwingung war äußerst deutlich zu verfolgen, weil sie sich bei ihrem Oberteil für einen strammsitzenden pinkfarbenen Pulli entschieden hatte.

Der rückwärtige Anblick gestaltete sich noch gewaltiger, weil die Dame es bevorzugte, ihren großen runden Po in eine viel zu enge, dazu noch lilaweiß gestreifte Leggings zu pressen. Sie wirkte von hinten wie ein dickes Huhn der Witwe Bolte. Kichernd schauten sie gemeinsam der Erscheinung nach: »Mann, hat die 'nen Hintern!«, lästerte Sabine.

»Mmmm!«, bestätigte Gerd, allerdings betont leise.

Seine Zurückhaltung in dieser Angelegenheit war nicht unbegründet, zu schnell glitt solch Geplänkel in kritische Dimensionen.

Als hätte er es geahnt, begann Sabine halb fragend: »Ich hab' zwar auch einen dicken Hintern, aber so dick wie die ja wohl noch nicht?!«

Einer Schlange gleich schlängelten die Worte zu ihm über den Tisch.

Gerd antwortete nicht gleich, er ließ seine Blicke auf der Straße. Zeigte eine Art gesunder Gleichgültigkeit.

In Wahrheit arbeitete sein Gehirn fieberhaft daran, was sein Binchen wohl hören wollte.

So blieb er erst einmal stumm und konzentrierte sich voll darauf, wie ein kleiner trippeliger Hund plötzlich stehen blieb, sein Bein an einem Laternenpfahl hob und ein paar Tropfen absetzte.

Mit Wonne hätte er gern die Pinkelarie des kleinen Hundes weiter verfolgt, denn seine Hoffnung basierte darauf, dass längeres Schweigen die Angelegenheit vielleicht in Vergessenheit geraten ließe.

Irrtum!

Sabines Augen blieben während der gesamten Zeit seines Schweigens unablässig auf ihn gerichtet.

Die Frage schwebte im Raum!

Sie ließ nicht locker!

Ein gefährliches Knistern hing in der Luft!

Keiner weiß, was ihn dazu trieb, jedenfalls bemerkte Gerd plötzlich, eher beiläufig, während er weiter interessiert dem Hund nachsah: »Aber fast!«

Kaum verließen diese beiden Worte seinen Mund, hätte Gerd sie am liebsten wieder eingeatmet.

Zu spät! Sie schaukelten groß wie eine Leuchtreklame in der Luft, und die schien mit einem Mal recht dünne!

Was ihn da geritten hatte, war ihm auch nicht klar.

Sabine klappte der Mund auf und zu, sie schnappte nach Luft!

Wortlos sprang sie auf, kramte in Windeseile die Plastiktüten mit den Einkäufen zusammen und schickte sich an, diesen schnöden Ort zu verlassen.

Lautstark schubste sie ihren Stuhl gegen den Tisch. »Du kannst dir gern eine dünne Hippe suchen«, empfahl sie ihm und dampfte hocherhobenen Hauptes ab.

Da hätte er weit laufen müssen, denn rundum schoben sich recht kräftige Damen und Herren lustvoll die Torten rein.

Nach Sabines lautstarkem Auftritt verwurstete man ihn natürlich als Übeltäter.

Unter solchen Gesichtspunkten empfahl es sich, schnellstens dem Weibe nachzueilen.

Fauchend, zischend wie eine Natter wandte sie sich von ihm ab.

Erst als er zum zigsten Male versicherte, dass sie den schönsten Hintern der Welt hätte, schmolz sie irgendwann dahin, und alles war wieder gut.

Verständlich, dass sich Gerd bei dem heute aktuellen Thema völlig bedeckt hielt.

Sabine plapperte noch ein bisschen vor sich hin … dass es doch bis nach Afrika zu weit wäre, zumindest würde sie sich aber einen neuen Bademantel kaufen.

Somit war Gerd bezüglich einer Stellungnahme noch einmal glimpflich davongekommen.

Katerchen allein zu Haus ...

Just in dem Moment, als man zwei große grüne Koffer vom Schrank herunterhob, hätte ich sämtliche Mäuse meines Großvaters mütterlicherseits darauf verwettet, dass da was im Busche ist.

Für mich als Kater Katerchen mit seidig grauem Fell und weißem Latz, in einer hochherrschaftlichen Düsseldorfer Wohnung lebend, brach ab sofort eine gemütliche Katzenalltagswelt zusammen.

Zudem konnten mir meine reiselustigen, sonst reizenden Herrschaften kaum in die Augen sehen. Mein über alles geliebtes Frauchen, welches oft viele Stunden des Tages mit mir vertrödelte und stets gewissenhaft zart gedünstete Leberhäppchen in echten Porzellanschüsselchen herüberreichte, gebärdete sich genaugenommen wie ein wildgewordener Handfeger.

Immer und immer wieder sauste sie völlig aufgelöst den Korridor rauf und wieder runter.

Total verdächtig machte sich dieses Nervenbündel, als sie mir zwischendurch, völlig unmotiviert, mein Näpfchen zum zweiten Mal randvoll mit Leckereien füllte.

Natürlich durchschaute ich sofort die Chose, hier handelte es sich um übelste Bestechung.

Pappsatt und mit getrübtem Blick sollte ich in meinen Kissen dösen und gar nicht mitkriegen, was die Bande vorhatte.

Was gepfiffen habe ich denen!

Habe die ganze Portion in mich reingehauen und obenauf

noch gemaunzt, so kullerte noch eine gute Portion Breckies rüber.

Schamlos habe ich die Situation ausgenutzt und bin trotzdem hellwach mitten im Korridor liegen geblieben. Absolut mitten im Geschehen, dass ständig über mich hinweggestiegen werden musste.

Zähneknirschend hat man das geduldet.

Mit mir zu schimpfen, wagte niemand, solch schlechtes Gewissen steckte dahinter. Besonders verdächtig entwickelte sich die Geschichte, als ich ziemlich derbe meine blitzenden Krallen an den großen Koffern schärfte.

Niemand sagte dazu auch nur den kleinsten Mucks.

Und was gibt es da sonst für ein Theater, wenn ich mal ganz winzig zart irgendwo herumkratze, am Schrank oder am Stuhlbein.

Da wird gebrüllt und mit der Zeitung herumgeklatscht, dass ich mich fast zu Tode erschrecke.

Und nun nix, da wurde mir klar, die Herrschaften planten eine längere Reise.

Bekanntlich blieb ich, weil ich angeblich Autofahrten nicht vertrug, daheim.

Folglich stand mir die grausliche Aufgabe bevor, mich mal wieder mit irgendwelchen Katzen-Sittern herumzuschlagen. Ein Thema für sich!

Ganze Bücher ließen sich füllen damit, in welch diffiziler Weise sich diese Individuen unterschieden.

Da gibt es beispielsweise die geölten Blitze: Jene huschen einmal am Tag mit wehendem Mantel durch die halb geöffnete Tür in die Wohnung, sausen in die Küche, öffnen in Windeseile eine Dose, knallen dir das Futter hin, schütten, wenn du Glück hast, noch ein bisschen frisches Wasser nach, löffeln die Häufchen aus dem Katzenklo, dass es nur so krümelt, und ehe du dich versiehst, fällt die Türe schon wieder hinter ihnen zu.

Die gucken nicht mal nach, ob es dich überhaupt noch gibt!

Am Ende stehen sie pünktlich zur Abrechnung auf der Matte, halten die Hand auf und behaupten frech, pro Tag drei Stunden am Stück mit mir verbracht zu haben und kassieren dickes Geld.

Die ganz Schlimmen fahren die Mitleidtour und berichten doch tatsächlich: Angeblich, weil sie mich besonders mögen, wären sie abends noch ein zweites Mal vorbeigekommen.

Ganze Geschichten lassen die sich einfallen, wie sie mit mir bis tief in die Nacht Pfötchen haltend gesessen hätten … usw. usw.

Unter Tränen der Rührung blättert mein von Schuld geprügeltes Frauchen dann Schein für Schein, für jede Träne einen, hin.

Wenn ich das sehe, könnte ich im Dreieck springen.

Denn ohne mit der Wimper zu zucken, kassieren diese Ratten ab!

Trotzdem sind mir diese Lügner angenehm, sie machen die Tür hinter sich wieder zu, ich muss nicht verhungern und habe meine Ruhe.

Den Horror schlechthin bieten nämlich die »gemeinen Einnister«!

Diese Gattung Mensch steht plötzlich mit Sack und Pack auf der Matte und hat innerhalb von Minuten den gesamten Haushalt umgekrempelt, dass man nur noch ängstlich von einer Ecke in die andere saust.

Als ganz besonders widerliches Exemplar wäre da eine gewisse Susi zu nennen.

Diese Frau muss als ausgesprochen heimtückisch bezeichnet werden, eine Hochstaplerin ersten Grades.

Sie hat es doch glatt fertiggebracht, jeden Abend an die zwanzig Leute einzuladen.

Richtige Orgien hat sie gefeiert.

Der Hammer an der Sache, sie gab mit Frauchens Wohnung an wie eine Tüte Mücken und tat, als wenn es ihre eigene sei.

Meinen Futternapf in der Küche kickte sie mit der Fußspitze in die äußerste Ecke, weil sie Platz brauchte, um für die vielen Menschen Stullen zu schmieren.

Ich war ihr völlig schnuppe!

Sämtliche Sofas blieben besetzt, weil Horden wildfremder Menschen auf ihnen rumlümmelten, kleckerten, krümelten und fürchterlichen Lärm machten, weil sie sich wegen der lauten Trommelmusik kaum verständigen konnten.

Mein lieber Herr Gesangverein, bei solchem Rummel brachte ich mich völlig verstört in Sicherheit.

Der Gipfel: Nach Abschluss jenes Budenzaubers blieben doch tatsächlich einige von diesen Rabauken auch noch über Nacht.

Meine Empörung kannte keine Grenzen.

Derart heimatlos hatte ich mich nie gefühlt.

Voller Bangen zählte ich die Stunden bis zu Herrchen und Frauchens Wiederkehr.

Da zeigte sich dann, zu welch listigen Täuschungsmanövern Luder Susi fähig war.

Denn in dem Augenblick, als meine Weltenbummler zu Hause eintrafen, saß Susi artig, gekämmt und frisch gebügelt auf dem Sofa, seelenruhig in ein Buch vertieft, als wäre Lärm für sie eine unbekannte Vokabel.

Meine Erleichterung kannte keine Grenzen, wenn diese Partylilli endlich ihre Siebensachen packte.

Da Frauchen ihr nicht auf die Schliche kam, musste ich sie leider mehrmals ertragen.

Obwohl ich sie nicht verpfeifen konnte, kam schließlich doch der große Tag der Abrechnung.

Als Frauchen und Herrchen nämlich wieder mal von einer Reise heimkehrten, flatterte kurz drauf ein Brief ins Haus.

Sämtliche Nachbarn beschwerten sich darin ziemlich massiv über ohrenbetäubenden Lärm.

Vom Datum her wurde klar, dass nur Susi es gewesen sein konnte, die ein gutes Dutzend Nachbarn um ihren Schlaf gebracht hatte.

Da ging's rund!

Susi bekam kein Geld und wurde mit Schimpf und Schande aus dem Haus gejagt!

Frauchen riss mich spontan in die Arme und jammerte tränenüberströmt immer wieder: »Mein Kater, mein armer, armer Kater!«

Diese tränenreichen Augenblicke gingen mir runter wie Öl!

Jedenfalls blieben die Koffer danach lange, lange Zeit unberührt.

Ich persönlich hasse Reisen, denn an wem bleibt die ganze Bescherung mit Wohnung hüten usw. hängen?

An mir, immer nur an mir und nochmal mir!

Dabei bin ich nur ein kleiner Kater, kein Einbrecher fürchtet sich vor zwei kleinen Kratzepfoten, geschweige vor so 'n bisschen Gefauche.

Heute standen sie nun wieder da, die grünen Koffer, die mir signalisierten, es kommt eine schwere Zeit.

Eben wegen dieser schlechten Erfahrungen wandte ich mich diesmal hochgradig verzweifelt von den Reisevorbereitungen ab. Enttäuscht von dieser Welt legte ich mich auf mein Sonnenkissen im Esszimmer und begann darüber nachzudenken, welche Trine man mir diesmal zumuten würde.

Denn Susi war ja wohl passé!

Bevor man sich eiligst entfernte, wurde ich zwar zigmal inniglich in die Arme genommen, mit Abertausend feuchten Küssen überschüttet, noch einmal feste gedrückt und gedrückt und gedrückt und gedrückt.

Ich spürte es förmlich: Frauchen wäre am liebsten daheim geblieben.

So einfach ließ ich mich allerdings nicht einwickeln. Angewidert über diesen Schmus mit Locken drehte ich meinen Kopf zur Seite.

Als sich endlich die Tür hinter den Hektikern schloss, genoss ich den herrlichen Frieden, der um mich herum herrschte.

Von mir aus konnte es so bleiben.

Vielleicht hatten sie diesmal eine automatische Futtermaschine hinterlassen, mehr brauchte ich nicht.

Doch sehr bald nervte mich diese absolute Ruhe und ich begann mich ganz allmählich zu fragen, wo sie denn blieb, die neue Betreuung?

Zweifellos hatte ich mitbekommen, wie Frauchen am Telefon mit irgendeiner Person gesprochen hatte, mich zu hüten!

Oder?

Nachdem ich Stunde um Stunde wartete und nichts passierte, baute sich in mir leichtes Unbehagen auf.

Hatte man mir das vielleicht nur vorgespielt, mich getäuscht?

Hieß das vielleicht: »So 'ne Katze kommt schon mal ein paar Tage ohne Fressen aus!«

Sollte die tollsten Geschichten von vergessenen Katzen geben, im Schrank, auf dem Speicher oder im Keller.

Haben alle überlebt!

Vielleicht plante man mit mir ähnliche Experimente.

Super, ich war begeistert!

Vielleicht wollte man zwei Fliegen mit einer Klappe schlagen, denn die Tierärztin meckerte eh dauernd an meiner Figur herum: Ich sei zu fett!

Sie hatte nicht ganz Unrecht, denn manchmal ist mir mein Kugelbauch im Weg. Der Gesundheit wegen müsste man ein bisschen darauf achten, was ich fresse.

Vielleicht sollte ich nun radikal abspecken, von der eigenen Substanz leben.

Mir wurde richtig schlecht vor Angst!

Bloß gut, dass ich schon so viel gefuttert hatte.

Die Vorstellung dieser Abspeckidee nagte sich immer tiefer in mein Hirn.

Je weiter die Zeit vorrückte, entwickelte sich die Skelettnummer zur fixen Idee!

Ganz dumm war ich ja auch nicht.

Wenn ich mich richtig erinnerte, hatte Frauchen was von mittags ein Uhr am Telefon gefaselt, wann irgendeine Person hier erscheinen sollte.

Die Uhr zeigte bereits auf die Vier!

Ganz langsam, aber stetig rückte der Zeiger schon der fünften Stunde entgegen.

Ich schlug die Pfoten übereinander und verblieb in gespannter Wartestellung.

Doch nichts passierte!

Auch eine Weile später nichts!

Leichte Panik kroch mir bis in die Nackenhaare rauf und bis in die Schwanzspitze wieder runter.

Aber was sollte ich tun?

Als Katze ist man diesen Menschen ausgeliefert.

Allein der Gedanke, dass meine sonst überfürsorgliche Katzenmama mich derart hinterging, ließ mich tief und traurig seufzen. Ganz still in meinem vereinsamten Herzen begann ich mich deshalb darauf einzurichten, diesmal ganz alleine fertig zu werden.

Aber warum tat man ausgerechnet mir so etwas an?

Mitten in meine Gedanken hinein, hörte ich plötzlich ein Geräusch!

Straßenlärm?

Nein!

Unten jemand auf dem Hof?

Nein!

Es waren auch keine Schritte, nein.

Ich spitzte die Ohren, scheinbar kratzte da jemand mit Schlüsseln an der Wohnungstür herum.

Konnte wohl das Schlüsselloch nicht finden.

Ziemlich umständlich wurde gefummelt, geklappert und endlich geschlossen.

Erst nach einer Weile wurde ganz langsam und vorsichtig die Tür einen winzigen Spalt geöffnet.

Aha, meine Betreuung!

Empfangsbereit, ganz dicht baute ich mich vor dem Eingang auf.

Durch den Spalt erblickte ich einen riesigen Korb, eine große schwarze Kiste, einen roten Beutel und eine kleine braune Tasche.

Kein Zweifel, hier schob sich gerade ein sogenannter »Einnister« in mein Reich.

Am liebsten wäre ich gleich durch die Lücke geflutscht und in die weite Welt hinausgelaufen, in der sich Frauchen gerade mit Herrchen herumtrieb und sicher kichernd und lachend das Leben genoss.

Doch an dieser merkwürdigen Gestalt, füllig und rund, war schlecht vorbeizukommen.

Ein langer, wehender Rock versperrte mir alsbald sowieso jegliche Sicht. Außerdem konnte dieses Pummelchen wohl Gedanken lesen, schob sie mir doch vorsichtshalber den Korb entgegen.

Unweigerlich musste ich zur Seite gehen.

Eh ich mich versah, schlüpfte sie herein und flötete gleich mit glockenheller Stimme: »Hallo, Kater, ich bin die Mama von der Anna!«

»Na prima, ich bin der Tiger von Eschnapur!«, hätte ich am liebsten geantwortet, doch irgendetwas hielt mich zurück, frech zu sein.

Ihre Stimme, ja ihre Stimme war es. Sie klang in einigen Partien ähnlich wie die von meinem Frauchen.

Merkwürdig, merkwürdig: Ich konnte mir noch keinen Reim darauf machen.

Zudem bestätigten sich erst einmal sämtliche Vorurteile gegen »Einnister«.

Ihrem Gepäck nach, welches sie stöhnend und ächzend reinschleppte, handelte es sich wohl um ein extrem schlimmes Exemplar.

Ich befürchtete, die würde glatt Jahre bleiben!

Im Grunde meines Herzens fühlte ich mich hundeelend.

Oder war es eher Hunger?

Deshalb hielt ich mich nicht lange mit der Vorrede auf, drehte auf der Pfote um und schritt mit hocherhobenem Schwanz schnurstracks zur Küche, um eindringlich auf die leeren Näpfe hinzuweisen.

Seit Stunden war in ihnen kein Krümchen mehr zu finden!

Erstaunlich schnell reagierte diese Person und lief brav hinter mir her.

Doch damit ich auch wie gewohnt alles serviert bekam, hatte Frauchen einen Brief geschrieben und alles akribisch aufgeführt.

Nachdem das Pummelchen sich stundenlang darin vertieft hatte, ging's endlich los.

Ein Griff zum Kühlschrank und ran an die richtige Mischung.

Mann, war die dämlich!

Kühlschrank auf, wieder zu, jedes Mal musste sie wieder auf den Zettel gucken, damit auch ja nichts schiefging.

Vom vielen Hin-und-her-Sehen war mir schon ganz schwindelig.

Mein Magen knurrte alle Tonleitern rauf und runter.

Endlich reichte sie ein volles Schüsselchen.

Akribisch prüfend schnupperte ich die ganze Ladung ab.

Feinste Gourmetkatzenspezialität gemischt mit aufgeweichter Haferkleie, denn ich habe immer arge Schwierigkeiten mit den Pupsen.

Alles goldrichtig!

Obendrauf, wie als Kirsche auf dem Sahnepudding, fand ich, wie gewohnt, kleingeschnittenes Rinderherz.

Wenn sie sonst auch einen etwas dusseligen Eindruck machte, lesen konnte sie.

Ich fraß den Teller blitzblank leer, schleckte mir genüsslich mein Mäulchen und ließ mich in meine Lieblingsecke fallen.

Für den Anfang vortrefflich!

Vielleicht gab es ja Einnister und Einnister.

Auf jeden Fall würde ich diese Person gründlichst auf Herz und Nieren prüfen, bis ich sie in meines einließ!

In so friedlichem Einklang lebten wir denn von Mahlzeit zu Mahlzeit.

Insgesamt entwickelte sie sich zu einer sehr liebenswerten Person, die das Futter immer pünktlich herbeischaffte, ja mir sogar die Breckies auf meine Sonnenplätze nachtrug.

Welch eine Frau!

Meine Begeisterung stieg von Leckerchen zu Leckerchen, sodass ich ihr dann auch schon mal, zwar nur ganz zart, fast unmerklich um die Beine strich.

Welch bescheidener Mensch sie war, denn über dies bisschen Zuwendung freute sie sich so toll, als hätte ich ihr bereits eine Totalverschmusung zukommen lassen.

Dafür brauchte es noch seine Zeit!

Ansonsten kamen wir prima miteinander aus.

Kleine Frischfleischstücke vergaß sie nie auf meinem Fütterchen, leider auch die pampige Kleie nicht, die ich ja aus gesundheitlichen Gründen haben musste.

Solch feine Katzenmama hatte ich noch nie.

Und da fiel mir der erste Satz wieder ein, den sie eingangs trällerte: »Hallo, ich bin die Mama von der Anna!«

Erst jetzt begriff ich!

Bis dahin hatte ich nicht gewusst, dass Menschen auch eine Mama haben.

So ganz verstand ich allerdings die Menschenmama-Beziehung nicht, denn eigentlich war die noch nie hier, um meiner Mama Futter zu geben.

Na ja, Menschen …

Kurzum, alles lief wunderbar, sie guckte zwar den ganzen Tag in irgendwelche Bildschirme und hämmerte dabei mit den Fingern auf irgendwelchen Tasten rum und behauptete sie schrieb.

Oder sie schaute wie gebannt in den Fernseher, weil da ein spannender Krimi lief.

Ganz besonders viel Zeit verbrachte sie im Badezimmer.

Anschließend sah sie wirklich hübsch und jünger aus. Jedenfalls besser als anfangs, da erschien sie nämlich furchtbar abgekämpft und strubbelig.

Mindestens einmal in der Stunde wurde ich gestreichelt.

Manchmal rief sie zwischendurch auch einfach nur: »Katerchen, Katerchen!«

Ihre Stimme klang immer ähnlicher – wie die von meinem Frauchen.

Trotz aller Liebe hielt ich es aber am dritten Tag für notwendig, mal ordentlich Leben in die Bude zu bringen.

Ich brachte die David-Copperfield-Nummer, jene von dem großen Zauberer, der ganze Güterwagen verschwinden lassen konnte.

Mit anderen Worten: Ich zeigte ihr den »Verschwindibuskater«!

Ich gebe zu, ein schier gemeines Kabinettstückchen.

Ausgerechnet, als sie mir meine gerade fälligen Streicheleinheiten zukommen lassen wollte, verschwand ich plötzlich von meinem Lieblingsplatz.

Wie vom Erdboden verschluckt schien ich!

Sie fand mich nicht auf meinem ersten Sonnenplatz, auch nicht auf meinem Zweiten, schon gar nicht auf dem Sofa im kleinen Zimmer.

Keinesfalls lag ich in den vielen Lochkartons, die eigens für mich in der ganzen Wohnung verteilt standen.

In Herrchens Zimmer?

Auch nicht!

Nicht im Schlafzimmer!

Nicht im Badezimmer!

Ich blieb einfach verschollen!

Mein Pummelchen klinkte förmlich aus!

Die Balkontür war fest verschlossen, trotzdem ging sie hinaus und drehte sämtliche Büsche und Stauden rum und num.

Ganz verzagt schaute sie sogar über das Geländer, ob ich etwa hinuntergefallen ..., weiter wagte sie den Gedanken nicht zu spinnen.

Am Ende ihrer Nerven krempelte sie alle Körbe, Taschen um, öffnete sämtliche Schränke, alle Schubladen, als ob ich Schranktüren aufschließen oder Schubladen hin und her schieben könnte.

Völlig aus der Fassung geraten raufte sie sich die Haare.

»Was soll ich tun? Was soll ich tun«, jaulte sie verzweifelt.

Wunderbar, bei ihr handelte es sich durch und durch um eine Kämpfernatur.

Denn es war ach so hübsch mit anzusehen, wie sie abermals auf allen vieren durch die gesamte Wohnung robbte, allerdings ohne mich zu finden.

Sie schien völlig verwirrt, glaubte an Magie, Entmaterialisierung und was weiß ich.

Doch dann, gerade als sie die Hand zum Telefon ausstreckte, um mit letzter Kraft die Feuerwehr anzurufen, steckte ich eine meiner weißen Pfotenspitzen ein ganz klein wenig aus dem Versteck heraus.

Ich lag nämlich im äußersten Winkel des Wintergartens, von hinten eng, wie eine der Schlingpflanzen um einen der großen Töpfe gewickelt.

Wäre ich ein Chamäleon gewesen, hätte ich mich in terrakotta umgefärbt.

Siehe da, ein spitzer Schrei: Sie hatte mich entdeckt.

Wenn sie auch einer Ohnmacht nahe in den nächsten Sessel fiel, so freute sie sich auch gleichzeitig, als hätte sie im Lotto gewonnen.

Und, gottlob, verstand sie Spaß, kein Wort der Klage kam über ihre Lippen.

Sie zeigte sich einfach froh über meine »Wiedergeburt«.

Überglücklich schmuste sie mit mir auf wundervoll knitterndem Packpapier, eines meiner Lieblingsspiele.

Anschließend wurde ich mit einer kleinen Bürste hingebungsvoll bearbeitet. Sie beherrscht da so eine genüssliche Art, genau mitten zwischen den beiden Ohren und ein winziges Stück die Nase runter, auf herrlichste Weise zu schubbern und zu kratzen, dass einem förmlich gesammelte Gänsehäute den Rücken rauf- und runterlaufen.

Ganze Weilen verbrachten wir so – bis zur nächsten Futterrunde.

Als ich später noch einmal die Sache mit dem Verschwinden versuchte, fiel sie nicht mehr darauf rein.

»Komm raus, du alter Racker«, rief sie nur gelangweilt und klapperte verführerisch mit der Breckiedose.

So ,n Mist, dabei hatte ich ein ganz neues Versteck.

Sie hätte Tage gebraucht, mich zu finden.

Frauchen habe ich oft genug auf diese Weise zur berühmten Weißglut gebracht.

Doch die kriegt dann gefährliche Nervenkrisen. Da macht die ganze Sache wenig Spaß. Immerhin muss ich ja mein Frauchen pflegen, kaputt nützt sie mir nichts.

Wie bei allen schönen Sachen im Leben: Irgendwann naht der Abschied.

Eines Morgens wurden nach und nach Taschen und Körbe gepackt und fein säuberlich im Korridor zusammengestellt.

Noch ein letztes Mal schmissen wir uns aufs wunderschön knitternde Packpapier und hielten voller Inbrunst eine gründliche Streichelrunde ab.

Tröstend sprach sie auf mich ein, versprach auch wiederzukommen.

Geduldig hörte ich ihr zu und legte meinen Kopf in ihre Hand. In der kurzen Zeit wuchsen unsere Herzen so eng zusammen, dass der Mama von der Anna, die mir eine gute Katzenmama war, eine silberhelle Träne die Wange hinabrollte.

Und mir brannten sich die Tage mit ihr als geradezu »paradiesisch« in meinem Herzen ein.

Kein Mensch der Welt kann deshalb erahnen, was in mir vorging, als die Wohnungstür endgültig hinter ihr zuklappte und ihre Schritte auf der Treppe immer ferner, ferner klangen und schließlich ganz verhallten.

Der Kampf mit der Schlange …

Angesichts des Hungers in der Welt beschleicht einen schon manchmal ein ziemlich schlechtes Gewissen. Beispielsweise beim Anblick eines pickepackevollen Einkaufswagens.

Wie im Schlaraffenland, könnte man meinen, denn mit ausreichend Pinke in der Börse kriegt man alles.

Aber wer nun denkt, das was im Wagen liegt, schon Eigentum wäre, der irrt!

Denn nun gilt es erst einmal das Nadelöhr »Kasse« zu passieren.

Dies ist ein ganz eigenes Thema und setzt einen starken Überlebenswillen des Einzelnen voraus. Schon auf dem Weg dorthin wird mit der Präzision eines Vermessungsingenieurs taxiert, an welcher Kasse die kürzeste Schlange zu finden sei.

Denn jeder von uns trägt nur ein gewisses Potenzial im Herzen, das er für das Warten in einer solchen Schlange erübrigen möchte.

Unser kostbares Leben wollen wir doch wohl mit weit nützlicherem Tun verbringen, als es für die Warteschlangen an einer Kasse aufzubrauchen.

Nach kurzem Abchecken stürmte ich zur Kasse drei.

Glücklich darüber, gerade noch vor dem Herrn mit der dunklen Brille, der einen doppelt so vollen Wagen vor sich her schob, hineinzuschlüpfen, reihte ich mich ein.

Diese Freude blieb allerdings nur von kurzer Dauer, denn gerade an dieser Kasse bahnte sich gerade ein mittelschweres Dilemma an.

Eine Frau leicht fortgeschrittenen Alters, die braun gefärbten Haare zeigten deutlich am Ansatz, dass sie normalerweise über graues Haupthaar verfügte, buddelte verzweifelt in ihrem Portemonnaie nach noch einem Euro und noch einem – und es reichte immer noch nicht!

Schließlich schüttete sie ihr gesamtes Kleingeld aufs Förderband. In mühseliger Kleinarbeit zählte die Kassiererin Münze für Münze zu einer letztlich viel zu kleinen Summe zusammen. In solch einem Augenblick bemächtigt sich leichte Unruhe der wartenden Menge.

Verkniffene Gesichter machen sich breit. Ein älterer Herr schüttelte verständnislos den Kopf, und ich trat von einem Bein auf das andere, denn diese taten mir so langsam weh.

Ein Euro zwanzig zu wenig, stellte sich am Ende der Zählkampagne heraus.

Ich war so mürbe, dass ich den Rest freiwillig spenden wollte.

Doch die Kassiererin kam auf die glorreiche Idee, dass man doch einen Teil der Ware stornieren könnte.

Alle in der Schlange atmeten erleichtert auf.

Aber nun kommt's: Die Dame kann sich nicht entschließen: die Bohnen, die Mohrrüben, die Cornflakes. Was ließe sich denn da entbehren?

Endlich: Die Zwiebeln schmeißt sie wieder aufs Band.

Abermals entfleucht ein kollektives Aufatmen der wartenden Menge.

Heimlich zähle ich, wer da noch alles vor mir dran ist, eine junge Dame, die hat nur drei Teile, dann das ältere Ehepaar mit einem Einkaufswagen so voll, als würden morgen die Importe eingestellt und Hungersnot wäre angesagt.

Dann zwei junge Leute mit mehreren Kästen Bier vielen Spirituosen und einer kaum überschaubaren Menge von Knabberwerk – bei denen war wohl Party angesagt.

Na, irgendwann wäre das alles schon zu schaffen.

Also stütze ich mich geduldig auf dem Lenker ab, um meine schmerzenden Füße zu entlasten.

Gleich darauf hatte ich mit Herrn Dunkelbrille ungewollten

Kontakt, denn wohl ganz aus Versehen hatte er mich mit seinem Wagen am Po geschubst.

»Entschuldigung«, meinte er überaus freundlich.

Ich meinte, »macht nichts«, dachte schon, er wolle sich für mein Vordrängeln rächen.

Während dieser flüchtigen Kommunikation flackerte das nächste Drama am Horizont auf.

Die Dame mit den drei Teilen wollte mit Karte bezahlen. Nur fiel ihr die Geheimnummer nicht mehr ein.

Nach dem zweiten missglückten Versuch stand sie mit hochrotem Kopf da und rätselte über die Geburtsdaten der gesamten Familie nach.

»Ich könnte schwören, es wäre so ähnlich wie der Geburtstag meines Mannes oder meiner Tochter des Sohnes?«

Ich klinkte mich aus dieser Geschichte aus, stellte mich auf die Zehenspitzen und schaute nach einer anderen Kasse.

Die Kassiererin, auch schon ziemlich genervt, rief: »Fräulein Müller, bitte an Kasse vier!«

Ha, das war meine Rettung! Ich nahm kurz Schwung und hielt auf Kasse vier zu …

Wie vermutet: Herr Dunkelbrille war mit mir noch nicht fertig. Irgendwie hatte er wohl den kürzeren Bogen gefunden und schwups stand er vor mir an der frisch geöffneten Kasse.

Selbst durch die tiefschwarzen Brillengläser konnte ich einen triumphierenden Blick erahnen.

Und um seinen Vorteil so richtig auszukosten, breitete er in akribischer Ruhe seine Einkäufe auf dem Band aus, so ausladend breit, dass für mich erst mal kein Platz zum Abladen blieb.

Fräulein Müller setzte sich mit frischem Elan an die Kasse und ließ ein Paketchen nach dem anderen durch den Pieper gleiten, doch bei Teil Nummer fünf piepte nichts mehr.

Es handelte sich um Kekse in Zellophan.

Wieder und wieder zog sie die Tüte über den Scanner, zog sogar das Papier noch einmal extra glatt, aber auch die Eingabe der Nummer, die schlecht leserlich über dem Strichcode stand, entlockte dem Kassenautomaten keinerlei Reaktion.

Mit anderen Worten: Das Ding war abgestürzt.

Fräulein Müller drückte verzweifelt auf alle Knöpfe, doch nichts rührte sich.

Der Geschäftsführer wurde gerufen und »Fräulein Armbruster, bitte an die Notkasse rechts neben dem Ausgang.«

Mit der Reaktion eines startenden Olympiasprinters sauste ich auf jene Notkasse und auf Fräulein Armbruster zu.

Jetzt konnte ich mir ein kleines, ganz winziges hämisches Grinsen nicht verkneifen, denn »Brilli« stand hilflos neben seinem gutverteilten Kram auf dem Band und kam kein Schrittchen weiter.

Fräulein Armbruster und ich arbeiteten im Akkord, und nach fünf Minuten war ich abkassiert und gleich darauf raus aus diesem Laden.

Welch ein Glück!

Enkel und Engel ...

Warum auch immer zieht es zur Weihnachtszeit ganze Heerscharen von Kindern »auf die Bretter, die die Welt bedeuten«?
Da hagelt es Krippenspiele an jeder Ecke. Für Konzerte in allen Variationen werden insbesondere Flöten und Geigen aus ihren verstaubten Verstecken geholt, ordentlich aufgemöbelt und aus ihnen und den armen Kindern das Letzte herausgeholt. Kleine zarte Kinderstimmchen trällern Weihnachtslieder rauf und runter, während Eltern und Verwandte voller Verzückung niedersinken.
Wollte man diese Angebote allesamt wahrnehmen, würde man von früh bis spät in Theatern, Kirchen oder sonstigen Räumen sitzen.
Kein Wunder also, dass auch ich, obwohl ich nur über »Enkelkatzen« verfügte, mich plötzlich in der Veranstaltung eines Kinderchors wiederfand.
Einer lieben Freundin sollte ich bei der Bewunderung für ihr Enkelkind zur Seite stehen. »Das musst du gesehen haben, das ist kein normaler Chor. Es wird ein Krippenspiel aufgeführt mit eigenen Kompositionen der Dirigentin. Himmlisch, sage ich dir, eine Kostprobe durfte ich schon erleben, komm einfach mal mit! Du wirst es nicht bereuen.«
Weil sie wusste, dass ich kleine Leckereien nicht verschmähe, unterstrich sie die Aufforderung mit der Aussicht: »Anschließend wird Kaffee und von den Müttern der Kinder selbstgebackener Kuchen gereicht!«

Na, wer kann da widerstehen?

Manchmal ist es gut, die Bitten lieber Freundinnen zu erhören, denn es lohnte sich!

Ich übertreibe nicht, wenn ich davon schwärme, dass engelgleiche, zarte Stimmchen zum Himmel schallten!

Mit purer Inbrunst und absoluter Überzeugung wurde die Geschichte vom Jesuskind gesungen und erzählt, dass man glaubte, es läge tatsächlich fröhlich strampelnd in der Krippe. Jede kleinste Rolle erschien liebevoll bis ins Detail ausgefeilt.

Ganz besonders fiel mir ein kleiner Hirte auf, ein Junge, etwa zehn Jahre alt, mit kräftigen blonden Locken auf dem Kopf.

Sein Solopart, der sich auf nur zwei Zeilen beschränkte: »Seht nur das Kindlein, wie zart und fein es dort in der Krippen liegt …«, oder so ähnlich.

Obwohl äußerst kurz, gestaltete er seinen Part doch derart stimmgewaltig und von Herzen, dass niemand Zweifel hegte, dass gerade dort auf der Bühne, in dem kleinen Stall aus ungehobelten Brettern und ein paar blauen Tüchern, ein Wunder geschieht.

Ich hätte in dem Moment schwören können, die goldenen Pappsterne, die liebevoll mit Stecknadeln an den samtenen Himmel geheftet waren, wirklich und wahrhaftig blitzen und blinken zu sehen.

Am Schluss zeigten sich die brillanten Darsteller sichtlich erleichtert, und die gesamte Eltern- und Verwandtschaft sprühte vor Stolz.

Die kleinen Künstler hüpften von der Bühne und rannten ins Publikum, wo man sie bereits sehnsüchtig erwartete.

»Maria« wurde von der gesamten Verwandtschaft umringt und gefeiert, als wäre sie für den Oskar nominiert.

Weil ihr das Kostüm wunderbar zu Gesicht stand, zupfte man ihr Gewand und die leicht verschwitzten Haare noch einmal fürsorglich zurecht, um diesen Anblick für die Nachwelt fotografisch festzuhalten.

Als täte sie das jeden Tag, posierte sie geduldig mit Oma, Opa und den Tanten. Ihre völlig begeisterte Mutter schoss ein Foto nach dem anderen. Der ebenfalls vom Fotofieber gepackte Vater schubste zum Schluss sogar noch den kleinen Josef mit ins Bild.

Eigentlich landeten alle Kinder in den liebevollen Armen ihrer Eltern, denn was gab es alles zu erzählen: ... weil einem der Text weggeblieben war, oder mancher meinte, den Ton nicht richtig getroffen zu haben. Kurzum ein fröhliches Durcheinander, voller Freude darüber, die gelungene Veranstaltung tapfer geschafft zu haben.

Vielleicht, weil ich als Einzelperson – so ohne verwandtschaftliche Bindung – in diesem Gewusel ziemlich verloren umherschaute, entgingen mir die Kleinigkeiten am Rande nicht.

Beispielsweise wie der wirklich gesanglich überzeugende Hirte am Bühnenrand einsam und allein seine Pelzweste, ein riesiges Ding, das man wohl zu diesem Zweck aus einer vergessenen Mottenkiste gekramt hatte, ablegte, seinen Stab zur Seite stellte und plötzlich hinter der Bühne verschwand.

Es gab mir einen Stich ins Herz: Alle feierten fröhlich miteinander, und nur einer von ihnen, dazu ausgerechnet der, der die beste Leistung vollbracht hatte, blieb einsam und allein.

Bei meiner blühenden Phantasie suchte ich sofort nach Gründen.

Hatten seine Eltern keine Zeit? Musste die Mutter ausgerechnet heute arbeiten?

Meine sorgenvollen Gedanken wurden jäh unterbrochen, denn mir wurde Alice, eben das Kind, weshalb ich hier verweilte, vorgestellt.

Alice war an mir in keiner Weise interessiert.

Sie warf alle Teile ihres »Kostüms« von sich. Sie hatte den Esel gespielt. Dazu hatte man sie in einen grauen Sack gesteckt und eine dicke Kappe mit einem Eselkopf obendrauf aufgesetzt. Mit kläglichem »Ia, Ia, Ia« hatte sie in regelmäßigen Intervallen den Gesang des Chors untermalt.

Ich half ihr, das Ding abzunehmen. Selbst unsereins wäre unter diesem Gewicht ins Schwitzen gekommen.

Obwohl ich ihr half, bemerkte sie mich kaum. Sie griff nach einem großen Glas Apfelsaft, trank es auf einen Sitz aus und döste erschöpft und äußerst gelangweilt vor sich hin.

Meine Freundin tänzelte um ihr Goldstück herum, als hätte das Kind die Hauptrolle gespielt: »Möchtest du ein Stück Kuchen? Die Omi holt dir eins! Oder ‚ne Koka? Vielleicht ein Eis? Alles, was du willst, sollst du haben!«

»Will nix!«, war alles an Antwort, was da kam.

Auf mich wirkte diese verhätschelte Alice keinesfalls wie aus dem Wunderland! Ich fand das Kind grässlich. Meine Freundin tat mir leid.

Von dieser schlechtgelaunten Göre ließ ich mir meine Stimmung allerdings noch längst nicht verderben, und wandte mich spontan dem Kuchenbüfett zu.

Eine wahre Pracht: Deshalb genehmigte ich mir gleich zwei leckere Exemplare, dazu zwei Tassen Kaffee. Ich fühlte mich sehr wohl.

Als ich gerade mein Geschirr übereinanderstellen wollte, griff eine kleine Hand von hinten danach, um es abzuräumen.

Zu meiner großen Überraschung gehörte sie meinem lockigen Hirten. Er lächelte mich an und fragte wie ein geschulter Kellner im Nobelrestaurant: »Hat es Ihnen geschmeckt?«

»Und wie es mir geschmeckt hat«, antwortete ich zufrieden und glücklich.

Jedoch bevor ich ihn überhaupt fragen konnte, warum er hier ganz alleine war, eilte er bereits zum nächsten Tisch, um dort mit einem gelben Putzlappen alles sauber zu wischen. Mit solcher Vehemenz tat er das, als trüge nur er die Verantwortung für die Reinlichkeit dieser Kaffeestube.

Ein seltsamer Bengel, oder war er ein Engel?

Je mehr ich beobachtete, welchen Fleiß und welche Ernsthaftigkeit er in diesem Gewühl an den Tag legte und auch noch dabei zufrieden wirkte, entschied ich mich zu: Engel!!!

Sehr bald begann ich darüber nachzudenken, wie ich diesem holden Wesen, dem hier das Allgemeinwohl so am Herzen lag, auch ein bisschen Wärme entgegenbringen konnte.

Ich sah da wenige Möglichkeiten.

Schließlich konnte ich mich ja schlecht als Ersatzmutter aufspielen und ihn, wie es die anderen getan hatten, in den Arm nehmen und abbusseln.

Ich nahm einen kleinen Schein aus dem Portemonnaie und lauerte darauf, bis er mal wieder an unserem Tisch vorbeihuschte.

»He, kleiner Hirte, komm doch mal her. Du bist so ein fleißiger Junge, dafür möchte ich dich belohnen«, sprach ich und drückte ihm das Geld in die Hand.

Er schaute den Schein an, dann mich und strahlte, wie die Sterne anfangs am blauen Vorhang, über das ganze Gesicht.

Eh' ich mich versah, schlang er urplötzlich beide Arme um meinen Hals und drückt mich so fest, als wäre er mein Enkelkind.

»Danke, danke!« Er sprühte vor Glückseligkeit und gab mir blitzschnell einen dicken Schmatz auf die linke Wange.

Für die Winzigkeit eines Augenblicks bildeten wir zwei inmitten dieses Meeres von Familienglück eine verschworene Gemeinschaft.

Alles um uns herum glitzerte, grad wie die Sterne am Weihnachtshimmel.

Ich hatte recht: Ein kleiner Engel war mir da begegnet!

»Ein Landbrot bitte!«

Emanzipation – ein wichtiges Wort unserer Gesellschaft. Doch wenn man näher dahinterblickt, wird klar, dass manche Frau nichts damit anzufangen weiß, weil sie sich noch nie »nicht emanzipiert« fühlte.

Denn jede kluge Frau lebt nach dem höchst praktikablen Grundsatz: »Der Mann ist der Herr im Hause, doch was die Frau sagt, wird gemacht!«

Dass dies kein leerer Spruch ist, konnte ich neulich im Bäckerladen vortrefflich beobachten.

Zum Wochenende will jeder reichlich Nahrung einfahren. Ein seltsames Phänomen, das viele Menschen dazu veranlasst, die doppelte und dreifache Menge wie sonst einzukaufen. Die Motivation diesbezüglich gestaltet sich recht unterschiedlich.

Die einen möchten gewappnet sein, falls zufällig Besuch um die Ecke guckt.

Andere werden von simplen Befürchtungen getrieben wie: »Sonntag könnte Krieg ausbrechen, folglich werden nächste Woche die Lebensmittel knapp.«

Mit solchen und ähnlichen Gedanken trieb es wohl genau jene Leute neben mir in diesen Bäckerladen.

Ein irres Gedränge herrschte vor der üppig beladenen Brottheke. Hier wurde kräftig dokumentiert, dass wir im Schlaraffenland der Brotsorten leben.

Brote in allen Variationen: klein, groß, rund und eckig, Brötchen lang, dünn, mit Sesam, Mohn und Käse.

Die reichhaltige Auswahl ließ mein Herz höher schlagen. Doch solcher Herrlichkeiten habhaft zu werden, galt es noch eine ordentliche Strecke zu bewältigen, zu viele Kunden waren noch vor mir dran.

Trotz großem Hunger spürte ich eine leichte Neigung, vielleicht später wiederzukommen.

Aber zu meinem großen Erstaunen ging es recht flott voran. Schließlich handelte es sich immer gleich um ganze Familien oder Ehepaare, die da vor der Theke standen. Und wie ich beobachten konnte, kauften stets die Frauen ein.

Ruck, zuck wurde gewünscht: »Ein Landbrot, bitte und zehn Brötchen!«

»Zehn Ofenbrötchen und fünf Stück Pflaumenkuchen.« »Danke, bitte, vier Euro«, im Eiltempo löste sich die anfänglich große Versammlung auf und man verließ mit dicken Tüten den herrlich duftenden Laden.

Nur eine einzige Hürde, ein Ehepaar mittleren Alters, galt es noch zu nehmen.

Forsch wie all die anderen bestellte auch hier die Frau: »Ein Landbrot, bitte!«

Die Verkäuferin versuchte gerade den Arm auszustrecken, um ins Regal nach einem braunglänzenden Brotlaib zu greifen, da wandte sich die Dame an ihren Angetrauten: »Oder möchtest du mal was anderes?«

Großzügig fügte sie hinzu: »Du kannst dir ja was aussuchen!«

Damit hatte sie die Büchse der Pandora geöffnet.

Der Lärmpegel in diesem Raum schnurrte auf mucksmäuschenstill herunter, solch große Spannung lag in der Luft.

Besagter Mann brachte sich mit aller Sorgfalt breitbeinig vor der Brotgalerie in Position, lehnte sich auf die Theke und legte den Zeigefinger bedeutungsvoll an die Stirn und begann zu überlegen!

Ein höllisch anstrengender Prozess! Man hörte förmlich die Gehirnwindungen knistern.

Dabei setzte er eine derart wichtige Mine auf, als müsste er die Plenarsitzung im Bundestag auflösen.

Ich wunderte mich über mich selbst, mit welcher Spannung und Geduld ich ihm zuschaute.

Endlich streckte er selbigen Zeigfinger von der Stirn weg und deutete auf ein kleines rechteckiges Brot mit den Worten: »Ist das ein Vollkornbrot?«

Die Verkäuferin langte elegant ins Regal, präsentierte das Brot gut sichtbar auf ihrem Handteller und bestätigte mit voller Begeisterung: »Ja, das ist ein Vollkornbrot!«

»Sind da Konservierungsstoffe drin«, fragte der Mann forschend.

»Aber nein, solche Brote führen wir gar nicht!« Die Anbieterin fühlte sich beinahe verletzt.

»Ist da Malz drin?«

Als er diese Frage stellte, schaute ihn seine bis dahin ruhig gebliebene Ehehälfte völlig entsetzt an.

Um schnellstens dem seltsamen Spiel ein Ende zu bereiten, nahm sie das Zepter energisch in die Hand und bestellte: »Ein Landbrot, bitte, das runde mit der dunklen Kruste!«

So einfach ging das nicht, da hatte sie die Beharrlichkeit ihres Partners voll unterschätzt.

»Moment mal! Du hast doch einwandfrei gesagt, ich kann aussuchen, und nun mach ich das auch!«

Ich meine sogar, er hätte dabei leicht trotzig mit dem Fuß aufgestampft.

»Ich frage Sie noch einmal: Ist da Malz drin?«

»Malz«, wiederholte die Verkäuferin, ihrem Blick war abzulesen, dass sie keinen blassen Schimmer davon hatte, ob dieses Brot Malz enthielt.

Zudem ging aus der Fragestellung nicht hervor, ob der Mann es nun gut oder schlecht fand, wenn welches drin war oder nicht.

Es herrschte eine allgemeine Ratlosigkeit.

Klugerweise blieb die Dame hinter der Theke stumm und zuckte nur ratlos mit den Schultern.

Hier bestand rein verkaufsstrategisch Handlungsbedarf.

Deshalb versuchte sie mit letztem Pfiff ihr Angebot noch einmal ins rechte Licht zu rücken.

»Ich möchte nur anmerken, durch die vielen naturbelassenen Getreidearten verfügt dieses Brot über enorm viele Ballaststoffe und wirkt somit verdauungsfördernd, mit Sicherheit ein wichtiger gesundheitlicher Aspekt!«

Unweigerlich fühlte ich mich wie in einer Apotheke. Fehlte nur noch die chemische Analyse der Teiggrundlage.

Unser Brotanalytiker legte eine winzige Denkpause ein, dann hakte er doch tatsächlich noch einmal nach.

»Aber ob da nun Malz drin ist, wissen sie nicht?«

Der Verkäuferin rutschte das Brot förmlich aus der Hand.

Die Ehefrau stupste ihren Mann ungeduldig an. Ihr stand die Peinlichkeit förmlich ins Gesicht geschrieben.

»Was willst du denn mit dem dusseligen Malz!«

Aber ein Wunder bahnte sich an!

Die Backfachfrau kratzte noch einmal allen Mut zusammen, schließlich war hier nichts mehr zu verlieren und behauptete einfach fest entschlossen: »Da ist mit Sicherheit kein Malz drin!«

Sie hatte Glück, der Schuss traf ins Schwarze!

Ohne noch weitere Fragen zu stellen, entschied der Mann: »Dann nehme ich das Brot!«

Ich atmete auf!

Alle atmeten auf!

Nun war ich endlich dran!

Allerdings erst nach einer winzig kleinen Verzögerung.

»Ich bekomme aber trotzdem zusätzlich ein Landbrot«, orderte die Gattin.

Meiner Meinung nach beharrte sie nur deshalb auf diesem Landbrotkauf, um das Gleichgewicht in der Ehe wiederherzustellen.

Etwas nachdenklich verließ ich den Laden. Auf jeden Fall litten die beiden an diesem Wochenende keine Not.

Geliebtes Flatterkleid …

Schleichende Verfettung diagnostiziert der Mediziner, wenn sich Millimeter für Millimeter schwabbelige Masse auf den Hüften niederlässt wie Schnee in einer Winternacht, der leise, fast unmerklich Flöckchen für Flöckchen zu einem dicken Teppich wächst.

Weil eben schleichend, wird die Misere erst bemerkt, wenn beim Schuhe anziehen die Luft knapp wird oder »Frau« freudig feststellt, dass der Busen nicht mehr hängt, weil er friedlich auf dem Bauche ruht.

»Mann« verliert mitunter die Übersicht, insbesondere »unnerum«.

An diesem Punkt angekommen, ist es zu spät für Wespentaillen. Welch jämmerliches Wehklagen bricht aus, wenn bei der nächsten Gewichtskontrolle die Nadel bis zum Anschlag saust.

Verzweifelt wird die Misere wegargumentiert: » … das sind die Jahre … bin nur in der falschen Zeit geboren, der alte Rubens hätte seine Freude an mir.«

Wenn man begreift, wer der große weiße »Buddha« dort im Badezimmerspiegel ist, helfen keine Sprüche mehr.

Folglich werden teuerste Lieblingskleider wertlos und wandern, tränenreich verabschiedet, in den Kleidersack.

Eine tragische Situation, die jede Frohnatur zum Trost nach Schokolade greifen lässt.

Genau an diesem Punkt stand Greta!

Greta – welch verpflichtender Name, verlangte er doch schlicht nach »Garbo« oder schlank wie eine Gazelle und göttlichem Flair.

Davon war Greta aus der Gartenstraße in einem klitzekleinen Örtchen mitten auf dem Land, wo der Schnee im Winter länger liegen blieb und die Sommer noch weithin nach Heu dufteten, allerdings meilenweit entfernt.

Weder schlank noch göttlich, hätte man sie einordnen können, handelte es sich bei Greta doch eher um eine nette brünette Pummelchenversion.

Auch Greta schummelte sich regelmäßig mit liebenswerten Entschuldigungen an ihren Rundungen vorbei.

»Ich bin nur ein bisschen kräftig, nicht dick ... Meine Mutter hatte in diesem Alter die gleiche Figur ... ich habe schwere Knochen, war nie eine Gazelle ...« Die Wahrheit sah indes ein bisschen anders aus.

Gretas Taille war tatsächlich mal ganz schön schlank, denn in Röcke, die ihr vor ein paar Jahren passten, käme sie jetzt gerade noch mit einem Bein hinein.

Nun, man kann sich eine Weile alles krumm und lahm reden, irgendwann kommt der bitterharte Augenblick, der stark zum Handeln zwingt.

Arme Greta: Ihr standen ziemlich zwängende Augenblicke bevor.

Seit Tagen lebte sie in prickelnder Vorfreude darauf, sich endlich mal wieder richtig aufzubrezeln und mit Freunden auszugehen.

Mit anderen Worten, den Alltag vergessen und nach Herzenslust das Leben genießen.

Die Kleiderfrage dafür schien geklärt, brauchte sich Greta keinerlei Sorgen zu machen, meinte sie, denn endlich wollte sie mal wieder ihr Prunkstück anziehen.

Ein schwarzgrünes hauchzartes Gebilde aus Chiffon, im sogenannten Schmeichellook, aus wunderbar fließendem Gewebe. Erst vor Monaten hatte sie ihr Umfeld damit überrascht.

Sätze wie: »Meine Güte, Sie haben aber ganz erheblich abgenommen und was sehen Sie entzückend aus«, ließen sie wie eine Königin durch die Menge schreiten.

Tatsächlich zeigte ihre Waage kein Gramm weniger.

Lediglich der Schnitt des Kleides kaschierte derart geschickt ihre Rundungen und umflatterte sie bei jedem Schritt, dass sie der Umgebung elfengleich erschien.

Wie gesagt, diese Geschichte ereignete sich vor mehreren Monaten …

Eine lange Zeit, in der wohl allerhand Fettpölsterchen unmerklich an Gretas Körper angekoppelt hatten.

Die Betonung liegt hier auf unmerklich!

Denn als sie frisch geduscht und hübsch frisiert eben schnell in besagtes Flatterkleid schlüpfen wollte, … kam die Parade bös ins Stocken.

Da ging nix mit schlüpfen, schon nahm die Misere ihren schrecklichen Lauf!

Als Greta das Kleid über den Kopf zog, vermutete sie erst, der Reißverschluss sei noch geschlossen.

Irgendwie gestaltete sich die Geschichte fürchterlich eng, ja so eng, dass sie sich keinen Zentimeter über den Busen ziehen ließ.

Schließlich ging nichts mehr!

Weder hin noch her!

Sie steckte fest wie ein Dackel im Fuchsbau!

Jäger kennen sich diesbezüglich aus.

Da heißt es zur Schippe greifen, um den armen Dackel auszubuddeln.

Das muss man erst einmal begreifen.

Ähnlich festgeklemmt hing Greta in ihrem duftig grünen Ballgebilde.

Es kam schlimmer!

Je mehr sie zog und ungeduldig zerrte, desto fester klemmte sie fest.

Direkt unter den Armen hakte die Geschichte, es war schlicht zum Verzweifeln.

In solch einem Augenblick wird klar, wozu man früher Kammerzofen brauchte.

Doch hier keine Zofe weit und breit!

Hilflos wie ein Karpfen im Netz zappelte sie herum.

Ihr blieb nur eins: Wimmernd ihren Göttergatten Robert um Hilfe zu bitten.

Der eilte zwar herbei, um sie aus der üblen Lage zu befreien, doch wie, wusste auch er nicht!

»Mach den Reißverschluss auf«, quengelte Greta ungeduldig.

Nicht gerade die netteste Art, um Hilfe zu bitten, doch Robert machte sich nichts draus, er fand es sogar lustig, Greta beinahe malerisch in Chiffon gewickelt vorzufinden.

Er konnte nicht anders, er musste lauthals lachen!

»Liebste, der Reißverschluss ist bereits geöffnet! Vielleicht passt du da nicht mehr rein?«

Man hörte förmlich von weitem das Donnergrollen wie vor einem Vulkanausbruch, und dieser Vulkan spuckte aus allen Rohren.

Amer Robert. Er hatte am total falschen Hebel gezogen, da kam ordentlich Bewegung in das verhüllte Opfer.

Hier gab es absolut nichts zu lachen!

Brodelnde Lava schoss auf Robert zu, drohte ihn zu vernichten: »Von wegen, ich pass nicht rein, es hat doch gepasst«, zischte Greta völlig aus dem Häuschen.

Verbissen kämpfte sie mit aller Kraft, sich in den grünen Schlauch hineinzuzwängen.

Ein verzweifelter Akt!

Um jedwedem Übel aus dem Weg zu gehen, gedachte Robert sich auf leisen Sohlen von diesem hochbrisanten Acker wegzuschleichen.

Ihn trug die Hoffnung, seine heißgeliebte Furie würde sich bald wieder beruhigen.

Diese Hoffnung erfüllte sich nicht!

Sie durchschaute seine Absicht und schimpfte wie ein Rohrspatz aus ihrem Netz heraus: »Mal wieder typisch: Wenn man euch Männer braucht, zieht ihr euch vornehm zurück! Ihr seid alle gleich! Hol mich gefälligst hier raus, egal wie!«

Nicht zu überhören: Nicht nur ihre Geduld, auch sie selbst war am Ende!

Also tat Robert wie ihm befohlen, doch bei ihrem Gezappel gelang ihm nichts.

Zog er fester, schrie sie wie am Spieß »… das Kleid geht kaputt, meine Güte, was bist du ungeschickt!«

Versuchte er es behutsam, … ging es ihr nicht schnell genug.

Robert ließ sich trotz allem stimmungsmäßig nicht beirren.

Er kannte Greta und ahnte, dass nicht er der wirkliche Grund ihrer Tobsucht war.

Nach vielem Gezerre und Gezeter krabbelte Greta erschöpft unter dem grünen Chiffon hervor.

Ein langer Riss und zwei große Löcher sprachen ihre ganz eigene Sprache über die Geschehnisse der letzten Minuten.

Dieses Prachtstück würde nirgendwo mehr flattern und im Rampenlicht glänzen.

Gretas Frisur schien völlig derangiert, jedem Struwwelpeter konnte sie konkurrenzlos gegenübertreten.

Robert hätte als Folge seines Einsatzes einen unangenehm eingerissenen Fingernagel beklagen können.

Aber Robert klagte nicht.

Es hätte ihm auch niemand zugehört!

Er war vollauf damit beschäftigt, diesem Pummel die Tücher für die Tränen zu reichen, die alsbald mittleren Sturzbächen gleich ihre Wangen runterrollten.

Die mühsam angepinselte Wimperntusche und das teure Make-up flossen bereits in bunten Strömen herab.

Robert wagte einen heimlichen Blick auf die Uhr.

Wenn aus diesem Abend noch irgendetwas werden sollte, dann musste ein absolutes Wunder geschehen.

Aber außer Heulen und Zähneklappern tat sich nichts, lediglich dass Greta sich in einem gewaltigen Monolog der Selbstanklage ergoss.

»Außerdem essen wir abends viel zu spät, viel zu spät, zu spät, zu spät obwohl jeder weiß, spätes Essen setzt an, essen wir spät!«

Greta steigerte sich bei ihren letzten Worten in einen regelrechten Heulkrampf, dem man deutlich entnahm, dass sie über sich weinte, allein deshalb, weil sie sich konsequent inkonsequent verhielt, besonders was ihr Essverhalten anbelangte.

Während sie dauernd lautstark in ein bereits patschnasses Papiertaschentuch prustete, wiederholte sie immer wieder, und das in einem überaus nasalen Ton: »… zu spät, zu spät!«

Robert verhielt sich mucksmäuschenstill. Allein jedes kleinste Räuspern an der falschen Stelle könnte in ihrem hochsensiblen Zustand ein Erdbeben auslösen. Außerdem war ihm nicht klar, was sie mit ihrem ständigen »zu spät« meinte.

Das Essen, ihre vermurkste Figur oder die Veranstaltung zu der sie ja mal ursprünglich wollten?

In allen drei Fällen hätte er ihr allerdings deutlich zustimmen müssen.

Allerdings wagte er nicht, nicht mal unter Androhung schwerster Folter, Derartiges zu äußern.

Im Gegenteil: Er fühlte sich mitschuldig. War er nicht derjenige, der oft betonte, obwohl ihre Taille längst nicht mehr gertenschlank und ihr Po leicht einem großen Apfel ähnelte: »Ich liebe an dir jeden Zentimeter!«

Auch nannte er sie nicht Big Apple, sondern Spätzchen und da handelte es sich um wahrhaftig winzig kleine Tiere.

Bei genauerer Betrachtung tat er ihr damit keinen Gefallen. Bei solchen Kommentaren wiegte sie sich in Sicherheit, mampfte lustig drauflos und wurde fett und fetter.

Zudem eine recht teure Angelegenheit, denn viele schicke Kleidungsstücke wurden auf diese Weise unbrauchbar und deshalb entsorgt.

Nur bei diesem grünen Flatter-Ballgebilde vertrat sie die Überzeugung, es würde auf ewig passen.

Aber Robert hatte gelernt, gerade mit diesem Thema äußerst vorsichtig umzugehen.

Noch ein letztes Mal hauchte Greta unter erbärmlichem Geschniefe: »… zu spät!«

Erschöpft von der Heulerei schmiss sie sich malerisch aufs Bett. Robert pulte sogleich voller Zuversicht an seinem Schlips herum, um ihn abzunehmen.

Diese Situation tendierte deutlich Richtung Fernsehabend.

Nicht schlimm! Was ihn betraf, war er nicht böse darüber. Er musste nicht draußen umhersausen; er tendierte insbesondere in den letzten Jahren mehr zum Sofatyp.

Da klingelte das Telefon!

Wo ihn sonst dieses Geräusch schrecklich nervte, empfand er es in diesem Augenblick als Rettungsanker, Erlösung, Strohhalm, an dem man sich wieder hoch hangeln konnte.

Dieses Klingeln erlöste ihn von einem Augenblick zum anderen, jeglichen Kommentar zur Sachlage abzugeben.

Es meldeten sich Achim und Hedda, mit denen sie den Abend verbringen wollten.

Zwei wunderbar unkomplizierte Menschen, voller Pragmatik und einfachem Durchsetzungsvermögen, immer zu irgendwelchen Unternehmungen bereit.

Die beiden schienen in bester Ausgehlaune: »Wo bleibt ihr nur, ihr trüben Tassen? Wir warten bereits auf euch. Achim will heute Champagner ausgeben, wir haben doch im Lotto gewonnen«, lachten sie fröhlich ins Telefon.

Übermütig kicherten und alberten sie herum. Für Robert ein ziemliches Kontrastprogramm zu seiner Heulsuse.

Was sollte er da antworten?

Deshalb hüstelte er leicht vor sich hin, um Zeit zu gewinnen.

Ein taktisch kluger Zug, wie sich sehr bald herausstellte.

Denn während er sein Theater abzog, griff ihm plötzlich jemand von hinten über die Schulter.

Greta entriss ihm den Hörer und scheinbar wieder unter den Lebenden weilend, flötete sie übermütig in den Hörer: »Fahrt schon mal vor, wir folgen euch direkt auf dem Fuße!«

Mit tief erotischer Stimme hauchte sie völlig ausgelassen in den Hörer: »Wir haben uns ein bisschen vertuddelt, uns in der Zeit verschätzt. Küsschen, Küsschen, ihr Lieben, bis bald.«

»Ja bis bald«, quietschten die beiden auf der anderen Seite.

Robert kam aus dem Staunen nicht raus.

Greta stand da wie Phönix aus der Asche, mit weithin leuchtendem Blick.

Allein ihre Nase und die Augen zeigten noch ein bisschen wunde Röte.

Er war zutiefst gespannt, wie sich das alles nun entwickeln würde.

Erst einmal teilte ihm Greta zwar noch etwas verschnupft, aber grundlegend mit, dass sie den Lebensfaden wieder aufnehmen wolle, da sie für sich doch noch eine letzte Chance sah.

Entgegen ihren verzweifelten Schreie sei es nicht … »zu spät«.

Dies war ein Moment, wie er sich nach einem kräftigen Sommerregen ereignete. Die tiefgrauen Wolken ziehen gen Osten, die Sonne bricht hervor und spiegelt sich in Abermillionen Regentropfen. Ein hehres Glitzern verzaubert alles ringsumher, und schlagartig entwickelt sich die trübe Stimmung zu einem frisch gewaschenen und von Wärme getränkten Sommertag. Man möchte sich glatt in den nächsten Liegestuhl werfen und den Tag nur noch genießen.

Greta beherrschte solche Wechsel meisterlich.

Sanft nahm er Greta in den Arm, putzte fein säuberlich die verschmierte Tusche von den Augen und küsste sie zärtlich auf die Stirn.

Dabei murmelte er so was in Richtung, … ihre Figur sei gerade richtig und das Kleid viel zu dünn für diesen Abend. Nach dem Motto »fein friert nicht« würde sie sich am Ende noch einen Schnupfen holen.

Auch wenn der Heulsuse noch ein paar letzte Schluchzer aus der Brust entwichen, so steuerte sie gleich zielstrebig zum Kleiderschrank. »Ein Griff ein Pfiff«, hielt sie ein schwarzes, zeltähnliches Gebilde in der Hand.

In solchen Augenblicken legte Greta ein Turbotempo an den Tag.

Schminken, Kämmen, Anziehen. Alles ging wie am Schnürchen.

Robert fummelte an seinem Schlips herum, der einfach nicht mehr sitzen wollte, da stand Greta bereits vor ihm: »Na wie sehe ich aus?«

Keck schwang sie ihre Hüfte unter dem weiten Tuch, drehte sich einmal rum und blieb voller Selbstbewusstsein vor ihm stehen.

Gutgelaunt stupste sie mit ihrer Nase seine Nase, ihr Parfüm umhüllte sie blumengleich.

Das weite Etwas, das sie da hervorgekramt hatte, ließ sämtliche unerwünschten Rundungen wie unter einem Zaubertuch verschwinden …

Großmutters Sommer

Neulich, mitten im Monat Juli, als ich morgens die Rollladen hochzog, traute ich meinen Augen kaum: grauer Himmel weit und breit, dazu dicke schwarze Wolken, die wie große Kissen unter diesem Himmel schwebten.

Die Berge ringsum dämmerten in dunklem, nassen Grün vor sich hin, und langgezogene Nebelbänke ruhten, schweren Balken gleich, über den Tälern.

Nun, morgens bin ich auch nicht gerade frisch wie ein Pfirsich, außerdem schmerzte mein Kopf.

Allerdings kein Wunder bei solch trister Landschaft! Kaum zu glauben, dass man sich mitten im Hochsommer, sprich im Monat Juli, befand. Es musste Sekunden vorher schrecklich geregnet haben, denn dicke Tropfen klatschten lautstark von den Blättern der Bäume aufs Pflaster.

Mich fror. Auf eine Dusche hat man da kaum Lust und wenn ja, dann nur auf eine heiße. Aber selbst die heiße Dusche konnte mein Herz nicht erwärmen, brachte mich kaum von dieser düsteren Stimmung ab.

Suchend blätterte ich im Kalender. Kein Irrtum: Herbstanfang gab es erst in wenigen Wochen.

Mein einziger sommerlicher Trost blieb ein kleiner Strauß, den ich Tage vorher auf einem Spaziergang gepflückt hatte.

Rosa Malven, gelbe Johanniskrautblüten, blaue Wegwarte und gelbes Leinkraut, dazu wilde Möhre als weißes Schleierkraut.

Mitten in meine Betrachtung hinein, schlug die kleine Wanduhr mit ihrem fröhlichen Gong. Wie gesagt, nur ein kleines goldiges

Ding, aber mit derart melodischem Kling-Klang schlägt sie die vollen Stunden, dass man meint, eine ganze Melodie zu hören.

Seit meiner Kindheit begleitet mich das teure Stück.

Meine Großmutter hat sie mir vererbt.

Schon schwelgte ich völlig in Erinnerungen, denn in den großen Ferien wurden wir Kinder stets zu Großmuter aufs Land abgeschoben.

Eine herrliche Zeit!

Ich möchte nicht übertreiben, aber da gab es noch richtige Sommer mit glutheißen Tagen und Geranienduft aus übervollen Blumenkästen.

Ich spüre noch heute den Geruch von nasser Erde und glitschigem Gras unter den Füßen, wenn wir Kinder draußen, natürlich barfuss, in etlichen mit Wasser gefüllten Zinkbadewannen herumtobten, uns spritzten und gegenseitig in die Pfützen schubsten, während heiß die Sonne vom Himmel brannte.

So viel Toberei machte natürlich großen Hunger, deshalb gab es jedes Mal viel Gejohle, wenn es irgendwann hieß: »Kinder, essen kommen!«

Da gab es kein Halten, weil Großmuter sich immer etwas Besonderes ausdachte, was wir alle mochten.

Mit nackten nassen Füßen stürmte dann die kleine Rasselbande völlig zerzaust ins Haus.

Großmutters liebevolle Ermahnungen: »Bitte, vor dem Essen Hände waschen nicht vergessen!«, gingen stets im Getümmel unter.

Schon saßen wir alle am Tisch.

Damit wir ihre Wohnzimmerstühle nicht total ruinierten, lagen zum Schutz Frotteehandtücher auf den Sitzen. Diese waren ziemlich rau in ihrer Struktur und kratzten schrecklich an den nackten Beinen.

Schließlich gab es zu dieser Zeit noch keine Weichspüler.

Aber trotz piksender Handtücher empfanden wir ihr Essen als himmlischen Genuss.

Meine Leibspeise, Griesbrei mit frisch geerntetem Obst als Kompott, gab es mindestens dreimal in der Woche.

Denn Großmutter hatte einen riesigen Garten mit Gemüsebeeten und diversen Bäumen und Sträuchern.

Wenn wir nämlich mal nicht im Wasser hin und her hopsten, schlichen wir uns von hinten in dieses sonst sehr behütete Gelände und gönnten uns eine Zwischenmahlzeit grüne Schoten. Von der Sonne noch durchwärmt, wurde die Schote an der Naht geöffnet, die kleinen grünen Perlen mit der Zunge rausgeleckt, dann die innere harte Haut abgezogen und die Schotenhülle hinterhergeschoben.

Wehe, wir wurden erwischt! Dann scheuchte uns Großmutter wie eine Horde Stare aus den Beeten.

Griesbrei mit Obstkompott war für alle der Hit. Ein jeder von uns genoss diese Köstlichkeit, und da Großmutter immer pünktlich zum Essen rief, schlug meist die kleine Uhr über dem Kaminsims zwölfmal in die flirrende sommerliche Stille hinein. Gute Erinnerungen erscheinen einem zwar immer etwas rosa getüncht, doch Großmutters Sommer empfand jeder unübertrefflich geprägt durch liebevolle Geborgenheit.

Bei Großmutter handelte es sich um eine kleine, runde Frau, in die man sich dauernd nur hineinkuscheln wollte. Allerdings war sie nicht immer dazu bereit. Schließlich hatte sie alle Hände voll mit uns, dem Garten und ihrem Obst zu tun.

Doch bei aller Geschäftigkeit, die das Leben von ihr forderte, war sie dennoch in der Lage, sich eine beständige Oase der Ruhe zu schaffen: ihren Mittagsschlaf!

Kaum hatte sie nämlich die kleinen Mäuler gestopft, das Geschirr gespült, wobei wir alle helfen durften, hieß es für uns »absolute Ruhe« im gesamten Haus.

In diesem Punkt endete Großmutters Milde und Güte.

Ruhe hieß *absolute* Ruhe!

Ich glaube selbst die Mäuschen in der Besenkammer gingen bei dem strengen Kommando auf Zehenspitzen.

Großmutter hatte kaum ihre Schürze abgelegt und sich auf das dunkelrote Sofa unter dem Sims mit der Uhr gelegt, schon schlief sie tief und fest.

Sekunden später schnarchte sie wie ein alter Besenbinder.

Ein- zweimal schmiss sie sich von einer Seite auf die andere, dass sämtliche Sofakissen durcheinanderwirbelten, aber sie lag in tiefem Schlaf.

Und als wäre sie mit dieser kleinen Uhr innerlich verbunden, öffnete sie mit dem Glockenschlag der vollen Stunde die Augen und schaute putzmunter in die Runde. Ratzfatz erhob sie sich und begann, die Kissen auf dem Sofa wieder an ihren Platz zu stellen.

In ganz besonderer Art versah sie jedes Kissen mit einem kleinen gezielten Schlag in der Mitte, damit sie mit gleichmäßigen Zipfeln aufrecht stehen blieben.

Während diesem beinahe akribischen Tun meckerte sie jedes Mal leise vor sich hin: »Habe mal wieder kein Auge zugetan, kein Auge zugetan. Es ist schrecklich! Ich kann mittags irgendwie nicht mehr schlafen«, und ging gleich wieder an die Arbeit.

Von wegen: Eine geschlagene Stunde hatte sie da rumgeratzt und nichts von den Dummheiten gemerkt, die wir inzwischen anstellten.

Diese ständige Behauptung, nicht geschlafen zu haben, stachelte uns Kinder doch irgendwann an zu beweisen, dass dem nicht so war.

Cousin Gerd Wolfgang hatte plötzlich diesen Geistesblitz, als Großmutter bereits in tiefster Schnarchphase lag.

Leise kichernd meinte er: »Sollen wir mal die Uhr anhalten?«

»Die Uhr anhalten? Warum?«

»Wirst schon sehen!«

Aus ihm wurde später ein weithin bekannter Psychoanalytiker. Seine Menschenkenntnis war schon in jungen Jahren phänomenal.

»Wie sollen wir denn da rankommen? Großmutter liegt direkt darunter!«

»Keine Angst! Ich kann schleichen wie eine Katze!«

Was das Anhalten der Uhr bringen sollte, war mir nicht ganz klar, aber Gerd Wolfgang war sich seiner Sache sicher, und deshalb ließ ich ihn gewähren.

Wendig wie ein kleiner Kater balancierte er über die Sofalehnen, hautnah an der schnarchenden Großmutter vorbei, stellte sich noch ein bisschen auf die Zehenspitzen, öffnete das Glasfenster der kleinen Uhr und hielt das Pendel an.

Von da an tat die Uhr keinen Mucks mehr.

Es war direkt unheimlich still im Raum.

Ich verzog mich lieber nach draußen. Außerdem war es nicht gerade prickelnd, Großmutter beim Schlafen zuzusehen.

Wie gesagt, wir haben uns draußen in aller Stille beschäftigt.

Stunden später torkelte eine völlig verschlafene Großmutter aus dem Haus, reckte und streckte sich und meinte laut vor sich hin gähnend: »Habe mal wieder kein Auge zugetan. Ich kann mittags einfach nicht …«

Da schrien wir aber alle fast im Chor: »Großmutter, es ist schon nachmittags vier Uhr! Du hast verschlafen!«

Sofort rannte sie rein, um auf die Uhr zu schauen – und die stand still!

Von da an hat sie sich nie mehr über ihren »Nichtschlaf« beklagt. Weshalb ihr wertvolles Schätzchen an diesem Tag derart versagte, hat sie allerdings nie herausgefunden, und wir haben ihr es auch nie verraten.

Ich hatte wohl eine ziemliche Weile in Erinnerungen geschwelgt, denn die kleine Uhr schlug schon wieder und, welch Wunder, mir ging es besser.

Großmutters Bilderbuchsommer standen plötzlich mitten in meinem Zimmer!

Zwiegespräch am Morgen

»Wer bin ich? Wo bin ich?«

Mit solchen Gedanken steht mancher morgens auf, schleppt sich ins Bad, guckt in den Spiegel und ist komplett ratlos!

Ratlos darüber, wie jenes verstrubbelte Wesen mit einem total zerknautschten Antlitz wieder in die Reihe gebracht werden kann.

Dann treffen die kleine verschüchterte Seele blitzartige Erkenntnisse wie: »… du lieber Himmel, schon wieder Falten, Falten! Nichts als Falten…!«

Reflexartig wird der Kopf in den Nacken geworfen und das schlaffe Kinn dadurch gestrafft.

Doch hier hilft kein Recken, Strecken, selbst kleinste Kerben, die das Leben in unmissverständlicher Präzision einbrannte, lassen sich nicht einfach vertuschen.

Hastig wird nach geheimnisvollen Tiegeln und Tuben gegriffen, um mit aufwendigen Prozeduren die Bescherung wegzukneten. Pure Kraftverschwendung!

Leider wird schnell klar, dass trotz all der Salben, Pasten, Cremes und Masken sich nicht die Tatsache wegputzen lässt, wie der »Reifeprozess« unaufhaltsam vorwärts schreitet.

Wobei es sich eher nach kräftig rückwärts anfühlt …

Bei solch düsterer morgendlicher Studie kriegt das Selbstbewusstsein unweigerlich einen Knacks.

Hier gibt es nur zwei Möglichkeiten: Entweder, wenn Geld vorhanden, zum Hörer greifen und sich beim nächstbesten Schönheitschirurgen für einen Messereinsatz anmelden oder – bei schmaler Kasse – links und rechts alles straff ziehen und hinter den Ohren festtackern.

Beide Möglichkeiten sind eher beschwerlich, zudem unerhört schmerzhaft und längst nicht für die Ewigkeit, erfordern sie doch ständige Korrekturen.

Denn die Natur in ihrer Unerbittlichkeit knabbert und knittert in einem derart rasanten Tempo, so schnell kann niemals nachgerüstet werden.

Gegen solche Beharrlichkeit des »Reifens« anzukämpfen, ist schier unmöglich.

Führt auch zu nichts!

Zu diesem Zeitpunkt hilft nur, den sprühenden Funken zu suchen, um neues Lebensfeuer zu entfachen.

Den allerdings zu finden, in einem Badezimmer mit der Beleuchtung einer Präzisionswerkstatt, die jede kleine Delle in Großformat präsentiert, dazu gehört Kraft.

Diese Kraft aufzubauen, braucht Stärke und die fehlt leider meistens.

Und deshalb krabbelt ein hoher Prozentsatz der Menschheit wieder ins Bett zurück, um sich in den Kissen zu verstecken.

Keine gute Lösung, denn irgendwann mahnt das Leben, kitzelt Sonne am großen Zeh und du musst unweigerlich zum Spiegel zurück, außer du hast ihn abgehängt. Vielleicht auch eine Methode, bringt aber nichts, denn die anderen sehen dich trotzdem.

Da ist es schon besser, das Elend anzugehen.

Aber wie? Wie kommt man aus dem Dilemma raus?

Denn raus muss man irgendwann, dafür sorgen schon die Zwänge des Lebens – außer man beschließt, im Badezimmer zu bleiben.

Und das kann auf Dauer langweilig werden, entspricht mit Sicherheit auch nicht dem Sinn des Daseins: Den Rest des Lebens auf einem kalten Klodeckel zu verbringen!

Also bleibt nur, mutig auf den neuen Tag zuzugehen, sich im wahrsten Sinne des Wortes zusammenzureißen.

Ein Procedere, welches alle Sinne fordert und das ausgerechnet am frühen Morgen, wo der Mensch sich sowieso in einer hochkritischen Phase befindet.

Kaum geht die kleinste Kleinigkeit schief, sei es nur, die elektrische Zahnbürste schweigt, oder der Mensch piekt sich mit der Nagelschere, bricht sofort mittelschwere Hysterie aus. Als Folge fliegen diverse Gerätschaften in hohem Bogen durch die Gegend.

Schon stellt sich heraus: »...heute ist nicht mein Tag!«

Auf solch zerstörerische Art kostbares Leben zu verheizen, ist uneffektiv, weil nur wir selbst am Ende den Ärger mit den Scherben haben.

Weitaus effektiver scheint es zu sein, sich sehr behutsam ans kümmerliche »Ich« heranzutasten.

Deshalb empfiehlt es sich, als Erstes in aller Ruhe einen Tee zu kochen, um anschließend, mit beiden Händen die Tasse umfassend, über dieses Leben und seine schönen Seiten nachzudenken.

Das wärmt und stimmt friedlich.

Der Rest kommt dann wie von selbst!

Die Beerdigung der Tante

Eben schien noch rundum die Sonne, nun prasselten dicke Regentropfen auf die Windschutzscheibe. Die Scheibenwischer quietschten beträchtlich. Nur mit großer Mühe schafften sie die Wassermassen.

Allerdings passte das Wetter zu meinem Vorhaben, denn ich befand mich auf dem Weg zur Beerdigung meiner Tante.

Noch bei meinem letzten Besuch, sie lebte zuletzt in einer Seniorenresidenz in einem vornehmen Kurort, ermahnte sie mich dringlich: »Denk' an meinen Geburtstag, da gebe ich ein großes Fest. Alle Verwandten sollen noch einmal fröhlich zusammenkommen!«

Auf ihre Geburtstage, denn über neunzig davon hatte sie bereits gefeiert, konnte man sich getrost freuen.

Das konnte ruhig eine Kuh kosten, wie sie sich auszudrücken pflegte.

Sie lebte äußerst luxuriös, was sie sich erlauben konnte, denn in Zusammenarbeit mit ihrem leider schon verstorbenen Mann führte sie einst einen Schuhgroßhandel.

Genau an ihrem Geburtstag verstarb sie. Den Tag hatte ich mir extra im Kalender frei gehalten, nun fuhr ich zu ihrer Beerdigung. Dank eingeschaltetem Navigationssystem musste ich mich nicht zu sehr auf den Weg konzentrieren, deshalb hing ich mit meinen Gedanken in guten Erinnerungen vergangener Tage.

Trotz all der Trauer freute ich mich auf ein Wiedersehen mit Cousin Bernd und Cousine Elfi.

»Demnächst halbrechts abbiegen und anschließend scharf links …« diktierte in sachlich ruhigem Ton die Stimme aus dem »Navi«.

Doppelt und dreifach froh darüber, diesen wegweisenden Computer zur Seite zu haben, brauchte ich mir keinerlei Sorge zu machen, den Weg zu finden.

Denn ganz so einfach war die Sache nicht.

Ging doch Tantchens letzter Wunsch ausgerechnet dahin, sich in einem klitzekleinen Örtchen beerdigen zu lassen, in dem sie als junge Frau ihre glücklichsten Jahre verbracht haben soll.

Hinter vorgehaltener Hand munkelte man allerdings etwas von einer nie vergessenen großen Liebe!

Nun, wie dem auch sei, ich musste da hin!

Meterweise Landkarten hätte ich gebraucht, um diesen verschlafenen Winkel zu finden.

»Sie haben ihr Ziel erreicht«, meinte der kleine Automat an meinem Armaturenbrett und winkte auf dem Bildschirm mit seinem schwarz weiß karierten Fähnchen, ähnlich wie beim Autorennen.

Diese phonetische Ankündigung erübrigte sich, denn offensichtlich befand sich die gesamte Bevölkerung des Dorfes schwarz gekleidet unter lautem Glockengeläut auf dem Weg zum Friedhof.

Ich staunte nicht schlecht.

Handelte sich wohl doch um eine größere Liebesaffäre, dass sich gar das ganze Dorf noch an die Tante erinnerte.

Da verhältnismäßig früh angekommen, konnte ich ganz nah am Friedhof parken.

Nach kurzem Verschnaufen, alles endlich gefunden zu haben, griff ich nach meinem Blumengebinde, eine Komposition aus leuchtend gelbem Sonnenhut, kombiniert mit Gerbera in allen Gelbtönen, dazu eine üppig grüne Schleife mit der Aufschrift »Ein letzter Gruß« und reihte mich in den Zug der Leute ein.

Zu meinem großen Erstaunen war trotz frühem Erscheinen die Trauerhalle beinah bis auf den letzten Platz gefüllt. Deshalb fühlte ich mich erleichtert als man auf einer hinteren Bank noch etwas zusammenrutschte, damit ich mich niederlassen konnte.

Eine junge Frau trat hilfreich herzu, nahm mir das Blumengebinde ab und drapierte es zu den vielen bunten Kränzen vor dem Sarg.

Eine gute Platzierung. Von dort leuchteten, gut sichtbar für alle, die variierenden Gelbtöne der Blumen.

Sie zupfte noch hier und da an der Schleife, dann setzte sie sich wieder auf ihren Platz.

Gerade wie ich diese Komposition nun mit gebührendem Abstand betrachtete, beschloss ich, mich bei meiner Heimkehr in der Gärtnerei nochmal zu bedanken für die Mühe, die man sich bei diesem besonders gut gelungenen Arrangement gegeben hatte.

Es war natürlich nicht billig, aber das war mir die Tante wert.

Bei derart vielen Menschen in schwarzer Kleidung braucht man eine ziemliche Weile, um sich zu orientieren. Die meisten Leute sah ich nur von hinten, aber egal wie, den vollweißen Charakterkopf meines Cousins konnte ich nicht entdecken.

Innerlich musste ich schmunzeln, denn dieser Pünktlichkeitsfanatiker foppte mich gern »tuddelige Künstlerin« oder ähnlich, weil ich oft das akademische Viertelstündchen ausnutzte.

Heute war ich vor ihm da, welch ein Triumph!

Trotz ihres hohen Alters verfügte Tantchen scheinbar immer noch über einen riesigen Bekanntenkreis.

Da in der Halle keine Plätze mehr zur Verfügung standen, sammelten sich auch eine Menge Leute draußen vor der geöffneten Tür.

Deshalb wohl auch außergewöhnlich viele Leute, weil Tantchen bis zuletzt Kontakt zu ihren Vereinen hielt? Scheinbar auch ein Chor?

Denn wurde doch hier und da schon leise der Kammerton »A« angestimmt.

Zehn Minuten vor Beginn, Bernd nicht da, weit und breit auch keine Elfi.

Selbst entfernte puckelige Verwandte, denen ich in der langen Zeit vielleicht zwei, drei Mal begegnet bin, konnte ich in der Menge nicht entdecken.

Hier und da beugten sich die Trauergäste weit vor, um mich genauestens zu beäugen, in ihren Augen konnte ich förmlich lesen: Wer ist denn diese Frau?

Immer mehr und ganz langsam kroch in mir eine klitzekleine Unruhe hoch.

Ich schaute nochmal zu den Blumen und den vielen Kränzen.

Leicht verwundert fragte ich mich: Wieso stand hier eigentlich ein Sarg, laut Karte handelte es sich doch um eine Urnenbeisetzung.

Ich begann die Namen auf den Schleifen zu lesen. »Deine Kinder Beate … Gerd …« Moment mal, die Tochter hieß Elfi und der Sohn Bernd.

Hilfe, hier stimmt was nicht!

Ich kratzte meine gesamte Fassung zusammen, stand auf und ging zu den leise summenden Frauen. »Entschuldigen Sie, bin ich hier in Niederwöllstadt?«, flüsterte ich.

»Nein«, flüsterte eine der Damen zurück, »sie sind in Ilbstadt.«

Na, Wahnsinn: Ich befand mich auf der falschen Beerdigung.

»Machen Sie sich keinen Stress«, tröstete mich die freundliche Frau, »das sind nur drei Kilometer bis dahin, fahren sie da vorne über die Brücke, und der Friedhof ist gleich vorne an!«

Mein Blumengebinde!

Was sollte ich tun, es vor allen Augen wieder einsammeln? Am Ende hätte man mich für einen Grabräuber gehalten.

Ich warf noch einen wehmütigen Blick auf die herrlich gelbe Pracht und machte mich, begleitet vom leisen Gekicher der Umstehenden, auf den Weg.

Ein Weg, dick mit Kies belegt, jeder meiner Schritte knirschte zum Abschied laut in die absolute Stille der Trauergemeinde.

Eine Minute nach zwei stand ich auf dem Parkplatz der richtigen Beerdigung und erreichte fünf Minuten nach Beginn der Predigt meinen Platz.

Auch hier richteten sich abermals alle Augen auf mich, allerdings handelte es sich nur um eine handvoll Leute, ein bisschen Verwandtschaft und die Hausdamen der Seniorenresidenz.

Cousin Bernd jedenfalls atmete auf, dass ich es diesmal noch vor Ablauf des akademischen Viertels geschafft hatte.

Allerdings wirkte diese Beerdigung im Vergleich zu der anderen recht spartanisch auf mich.

Kein großer Sarg prangte hier mit riesigen Kränzen drum herum.

Lediglich eine kleine ovale schwarze Dose von einem kläglichen Gebinde roter Rosen umgeben, stand einsam auf einem schmalen Podest.

Also, wenn ich ehrlich bin, das entsprach kaum dem luxuriösen Lebensstil meiner Tante.

Als dann auch noch die kleine Urne mit lautem »Plopp« in einem ebenso kleinen Loch verschwand, musste ich laut aufheulen.

So ein trostloses Ende hatte die Tante nicht verdient.

Als ich diese Trostlosigkeit beim anschließenden Kaffee leise anklingen ließ, versicherte man mir, sie hätte es sich schlicht und in aller Stille gewünscht, denn tatsächlich läge ganz in der Nähe ihre einst große Liebe begraben.

Endlich eine Strandtasche!

Mit Sicherheit kann man die Tasche zu den ältesten Gegenständen der Menschheitsgeschichte zählen.

Wie sonst sollte der Mensch, der sich in erster Linie als Sammler profilierte, all die Beeren, Früchte und anderen leckeren Kleinigkeiten in die Höhle tragen.

Und da das Weibchen bekanntlich für Beeren und Früchte zuständig war, ist es wohl selbstverständlich, dass die Frauen von Urzeiten an eine tiefe Beziehung zur Handtasche entwickelten.

Auch in dieser frühen Phase konnte man bereits mit den unterschiedlichsten Materialien in Wettstreit treten.

Wenn die Frau von der Baumhöhle sich als glückliche Besitzerin mit einem Exemplar aus Stroh zufriedengab, trumpfte doch recht bald Frau Felsenhöhle mit einem Korb aus strammen Weidenzweigen auf.

Im Laufe der Zeit verfügte man dann schon über zwei oder drei solcher Exemplare, und das hat sich bis in die Neuzeit fortgesetzt.

Ich besitze Taschen für alle Gelegenheiten, kleine schwarze unscheinbare fürs Theater oder sonstige festliche Anlässe und mittelgroße für irgendwelche Schlenderpartien.

Ganz besonders liebe ich die geräumigen Shopper die dann auch in Farben und Formen jedweder Art zu Kleid, Mantel oder Auto passen müssen.

Als ich im Urlaub auf Sylt mal richtig Lust zum Shoppen hatte, entschloss ich mich praktischerweise mal gar keine Tasche mitzunehmen.

Trotz Sonne herrschte heftiger Sturm, deshalb empfahl es sich, eine leichte Windjacke anzuziehen, die so viele Reißverschlüsse und kleine Nischen in sämtlichen Ärmeln und Falten anbot, dass die notwendigsten Dinge wie Handy, Brille und Portemonnaie sich darin unterbringen ließen.

Der liebste Mensch an meiner Seite schlenderte mehr lustlos bei diesem Unternehmen hinter mir her.

Ihn störte das Touristengewimmel auf der Prachtmeile Westerlands. Ein Geschäft neben dem anderen, und ich spazierte wahllos überall rein.

Leicht genervt fragte er: »Was willst du eigentlich kaufen? Du hast doch alles!« Damit hatte er natürlich recht.

Ich hatte wirklich alles.

»Na, was wollen wir dann hier?«

Meine Antwort, und die vieler Frauen, ist in diesem speziellen Fall stets diese: »Einfach nur mal gucken!«

»Gucken?«

»Ja, wir Frauen gehen einfach nur mal gucken! Man könnte ja was entdecken, was man gern hätte. Mein Lieber, davon lebt die Gesellschaft! Wenn jeder nur kaufen würde, was er wirklich braucht, läge die Wirtschaft brach!«

Ganz leuchtete ihm das nicht ein, trotzdem trottete er weiter tapfer mit.

Zudem krochen da Momente heran, in denen er wirklich gebraucht wurde.

Beispielsweise, als ich eine kleine Boutique betrat, bestückt mit den zauberhaftesten Kleidungsstücken, allerdings nur in Miniaturausgaben. Das Kleid, das mich in größte Verzückung versetzte, gab es allerdings nur für Barbiepuppen.

Wie schön ist es dann, wenn der Liebste einem huldvoll die Arme um die Schultern legt und tröstlich ins Ohr raunt: »Das brauchst du alles nicht, du bist schön genug!«

Um nicht in tiefere Depressionen zu rutschen, entdeckte ich plötzlich, dass mir eigentlich in meiner Sammlung eine richtige

Strandtasche fehlte, eine in der man Badetuch, Bastmatte und Sonnencreme befördern konnte.

Sekundenschnell schlug meine Depression in fröhliche Einkaufsstimmung um, und ich machte mich über alles her, was für diesen Zweck in Frage kam.

Denn beim Taschenkauf fragt niemand nach Größe und Figur.

Plötzlich entdeckte ich einen Laden.

Nur Taschen gab es dort.

Regale bis hoch zur Decke voll mit Taschen so weit das Auge reichte.

Ein Eldorado meiner Wünsche.

Hoffnungsvoll betrat ich den Raum, denn im Fenster lag ein Strohgebilde mit aufgesetztem buntem Geglitzer, groß, breit, super geeignet für meinen Zweck.

Dachte ich!

Lediglich das bunte Geglitzer störte mich daran.

Man kann es ja abtrennen, plante ich insgeheim.

»Was kann ich für Sie tun«, fragte die Verkäuferin, ein puppenähnliches Wesen, das sich eher gelangweilt hinter einem kleinen antiken Tresen hervorschraubte.

»Diese Strandtasche dort im Fenster, die große mit den Glitzersteinen, was kostet die?«

Madam Püppchen musterte mich in meiner Wandertagsausrüstung und meine vom Wind verstrubbelten Haaren mit großen, von stark getuschten Wimpern umrandeten Kulleraugen.

»Strandtasche?«

Ihre Stimme überschlug sich förmlich bei diesem Wort!

Nur begriff ich nicht ganz, was sie damit zum Ausdruck bringen wollte.

»Ja die Strandtasche!«

In irgendetwas war ich da reingetreten, denn noch einmal wiederholte sie und das ziemlich arrogant und beinah wie einen spitzen Schrei: »Strandtasche?«

Es hörte sich an wie in einem Papageienkäfig.

»Ja«, wiederholte ich, »diese Strandtasche hätte ich gern, sie ist groß …«

Sie ließ mich nicht einmal mehr ausreden, ihr nicht vorhandener Busen wogte auf und nieder, so sehr regte sie sich dabei auf: »Wenn ich Sie darauf aufmerksam machen darf, eignet sich diese Tasche eher nicht als Strandtasche!«

Ihre scharfe Belehrung machte mich nicht gerade einsichtig.

»Och, ich find sie schön groß und …«

Wieder unterbrach sie mich und abermals schnellte ihr Blick meinen Körper rauf und runter und dieser Blick sagte mir, dass sie mich nicht als Kundin schätzte.

Aber warum?

Ich hatte geduscht, war auch sonst sauber und reinlich und wollte doch nur eine Strandtasche. Weshalb benahm sich die Dame so seltsam mir gegenüber?

»Darf ich Sie darauf aufmerksam machen, das ist ein Trappa…-Modell mit Swarovskisteinen!«

Als sie den Namen von diesem »Trappatoni« oder so ähnlich ausgesprochen hatte, starrte sie mich mit ihren großen Augen wichtig und erwartungsvoll an.

Mir war nicht klar, was sie in diesem Augenblick von mir erwartete. Sollte ich nun auf die Knie sinken und mich entschuldigen?

Mir sagte der genannte Designer oder wer immer es war gar nix, lediglich mit »Swarovski« konnte ich etwas anfangen.

Also blieb ich unbeeindruckt stehen und fragte: »Was kostet die Tasche?«

Da merkte ich, sie hatte noch einen Trumpf, den sie nun mit allen Registern gegen mich auszuspielen gedachte.

Sie ließ sich Zeit, holte genüsslich tief Luft und meinte dann reichlich von oben herab.

»Nun, ich habe Ihnen ja schon gesagt, es handelt sich um ein Exemplar von …«, wieder nannte sie den für mich unverständlichen Namen.

»Es handelt sich hier um ein Unikat mit vierunddreißig Swarovskisteinen, da liegen wir ungefähr bei eintausendvierhundertfünfzig Euro!«

Während sie diese astronomische Zahl genussvoll über die Zunge spuckte, ließ sie mich auch nicht den Bruchteil einer Millisekunde aus den Augen.

Sie wollte sich an meinem Schock laben!

Ehrlich gesagt, ich war mehr als geplättet, blieb aber ruhig und gelassen. Doch selbst die blitzartige Mobilisierung sämtlicher Gehirnzellen vermittelte mir keine Lösung für einen würdigen Abgang.

Die Dame lauerte förmlich auf meine Reaktion.

Am liebsten hätte sie mich mit ihren glitzernd lackierten Fingerspitzen aus dem Laden geschnippt.

Und gerade als ich mir in meiner Kläglichkeit schmachvoll die Kapuze über den Kopf ziehen wollte, um unerkannt zu verschwinden, kam er und rettete mich.

Der liebste Mensch an meiner Seite rettete die Situation. Jener hatte ungeduldig draußen gewartet und nichts von meiner Misere mitgekriegt.

Irgendwann hatte er diese unselige Warterei satt und schritt zur Tat.

Er stand plötzlich in voller Breite im Türrahmen und meckerte lauthals los: »Nun komm endlich! Wir müssen weiter, du hast doch Taschen genug! Wissen Sie, meine Frau hat so viele Taschen, die könnte bald selbst einen Laden aufmachen, nichts für ungut, aber ich habe Hunger!«

Er zwinkerte der Püppi gutgelaunt zu, packte mich am Arm und zog mich raus.

Lachend und gutgelaunt zogen wir Arm in Arm von dannen.

Ganz eng kuschelte ich mich in seinen Arm. Diesen Mann konnte ich an diesem Tag nur noch vor Dankbarkeit knuddeln.

»Herbert, achte auf die Galle!«

Wer träumt nicht davon, den idealen Partner zu finden, füreinander da zu sein, nach Möglichkeit bis ins hohe Alter, das Ziel sämtlicher Liebesromane.

Am Ende gibt es dann solch herzige Szenen: Ein hochbetagtes Ehepaar betritt die Sonnenterrasse eines Restaurants mit Blick aufs Meer.

Sie trägt ein hellblaues Flatterkleid, welches ihre strahlend weißen Haare charmant hervorhebt und in der Sonne leuchten lässt.

Er in beigefarbenen Hosen, dazu ein kurzärmeliges blassrosa Hemd, den obersten Knopf unternehmungslustig geöffnet, dass es ein paar ergrauten Brusthaaren gelang, sich oben rauszukringeln.

Die Krawatte hatte man wegen der Hitze weggelassen, aber dafür sich für weithin sichtbare Hosenträger mit braunen Lederschlaufen der vorletzten Saison entschieden.

Dieses Sommerensemble krönte ein schon etwas zerbeulter Strohhut, der manche Sturmflut überlebte.

Da schon etwas wackelig auf den Beinen, stützen sich beide auf sogenannte Gehhilfen, zwei ausgesuchte Stücke mit silbernem Knauf in Form eines Entenkopfes.

Leise diskutierend bleibt man am Eingang der Terrasse stehen, um von weitem erst einmal die Tische zu taxieren. Sehr schnell steht fest: Der unter dem Sonnenschirm muss es sein.

Einem herbeieilenden Kellner wird die Wahl gleich lautstark

mitgeteilt: »Ist der Tisch unter dem Schirm frei? Wir vertragen nämlich keine Sonne!«

»Ja, der ist frei! Sie können gerne schon mal Platz nehmen. Ich komme gleich.«

Weiter kommt der Ober nicht.

»Da liegen aber keine Kissen auf den Stühlen. Ohne Kissen ist das von unten zu kalt! Nicht wahr, Herbert, wir brauchen Kissen«, schubste Madam jenen aus seinen Träumen.

Dem waren die Kissen gerade egal, er genoss bereits den Blick übers Meer.

»Also bitte, bringen Sie uns Kissen!«

Dem Kellner war klar: Hätte er keine, müsste er in diesem Fall schnell welche nähen lassen!

Selbstverständlich brachte er in Windeseile zwei weiche, gelbgrau gestreifte Exemplare und wollte sie ganz einfach mit elegantem Schwung auf den Stühlen ausbreiten.

Ha, das klingt einfach, doch so einfach auch wieder nicht!

Denn nun ging es los: »Herbert, wo willst du sitzen?«

»Ist mir egal!«

»Das ist dir nicht egal, du sitzt immer gerne vor Kopf!« – »Will ich aber heute nicht, ich will aufs Meer blicken!« – »Na gut, mein Mann will aufs Meer gucken, ich setze mich hierhin!«

Geduldig platzierte der Kellner die begehrten Unterlagen wie gewünscht.

Die Plätze wurden eingenommen.

»Was darf ich den Herrschaften bringen?«

Herbert fühlte sich sauwohl auf seinem Platz, deshalb äußerte er freiweg seinen Wunsch, ohne jedoch vorher Muttis »o. k.« einzuholen.

»Also ich hätte gern ein richtiges Helles vom Fass. Gezapftes Bier ist ein gezapftes Bier, frisch und knackig!«

Die graugrünen Augen des Mannes begannen zu leuchten. Er lachte übers ganze Gesicht, dass direkt ein Hauch jugendlichen Charmes vergangener Tage aufblitzte.

Doch zu früh gefreut, hagelte es doch gleich fürsorgliche Ermahnungen aus der weiblichen Ecke.

»Herbert, ich glaub' es wohl nicht, denk an deinen Magen, Bier ist für dich zu kalt, trink Rotwein!«

Doch Herbert, anscheinend froh darüber, einen so schönen Platz am Meer zu haben, weigerte sich übermütig.

»Will ich aber nicht. Ich möchte ein Bier und basta!«

Na, das konnte ja heiter werden.

»Also ein Bier für den Herrn und für Sie, gnädige Frau?«

»Einen Pfefferminztee, wenn Sie haben«, orderte sie mit spitzem Mündchen.

»Ach, Herta, Labberkram! Trink mal was Gescheites! Am Ende sterben wir noch gesund! Bringen Sie für die Dame mal ‚ne schöne kalte Weinschorle. Die trinkt sie schon mal gern!«

Der Ober notierte: »Ein Bier, eine Weinschorle, und möchten sie auch etwas essen?«

»Na klar!«

»Dann bringe ich gleich die Speisekarte.«

Während der Ober ins Haus zurückging, um alles zu besorgen, inspizierte das Pärchen gründlich die Umgebung.

»Ein schöner Blick, gut, dass wir hierher gegangen sind«, und dank des schönen Wetters setzte Herbert den verbeulten Strohhut ab.

Besser gesagt, er wollte, noch hielt er ihn in der Hand, wollte ihn neben sich auf einem Stuhl ablegen.

»Herbert, neiiiin, lass den Hut auf, dein Kopf ist in der Sonne!«

»Hier ist keine Sonne, ist doch ein Schirm drüber!«

»Aber nicht mehr lange, nur knapp zehn Minuten und die Sonne ist bei dir, dann sitzt du in der prallen Sonne! Wenn du dich umsetzt, kannst du den Hut absetzen!«

»Will ich aber nicht, dann sehe ich das Meer nicht mehr!«

»Wie du willst, dann kriegst du eben einen Sonnenbrand auf deiner Glatze!«

Herbert hatte wirklich nicht mehr viele Haare. Nur ein leichter Flaum halblanger grauer Locken wedelte im leichten Wind, kleinen Federn gleich, über den sonst kahlen Kopf.

Herta warnte noch einmal: »Du kriegst einen Sonnenbrand«, womit sie möglicherweise nicht unrecht hatte, denn Herberts

Kopf ragte schon gut zehn Zentimeter in die angekündigte »Sahelzone«.

Irgendwie spürte er wohl schon den heißen Hauch, denn plötzlich wechselte er zu dem Stuhl im Schatten.

Aber kaum saß er da, meinte er unruhig, erstens sehe er das Meer nicht mehr, »… und zweitens zieht es!«

Nach wenigen Augenblicken krabbelte Herbert allerdings ziemlich unbeholfen wieder aus der Schattenecke raus, dabei kippte der Gehstock um, und die Kissen purzelten von den Stühlen.

Alles an diesem Tisch geriet in Wallung!

Herbert, weil er zu seinem Stuhl zurückwollte und Herta, weil sie emsig die Kissen und den Stock wieder einsammelte.

Irgendwann trat doch Ruhe ein, allerdings hatten bis dahin alle beide mehrfach die Stühle getauscht und gewechselt, ungefähr wie bei der »Reise nach Jerusalem«.

Zum Schluss saß Herbert zwar im Schatten, aber unattraktiv mit dem Rücken zum Meer und Herta auf drei Kissen – wegen der lästigen Kälte von unten.

Da erschien auch schon der Ober mit der Speisekarte.

Herta blätterte sofort darin wie Kind in einem bunten Bilderbuch.

»Guck doch mal hier, Tafelspitz mit Meerrettich, haben wir lange nicht gehabt«, empfahl Herta.

»Nee, dafür ist es mir heute zu heiß. Ein Sommeressen möchte ich!«

»Was nennst du Sommeressen?«

»Na irgendwas Frisches!«

»Irgendwas Frisches?«

»Ja irgendwas Frisches!«

»Wie wäre es denn mit Königsberger Klopsen?«

»Nee, zu heiß!«

»Hier, guck mal, das hört sich gut an, kleines Kalbsschnitzel mit feinem Gemüse und Salzkartoffeln!«

»Nee!«

Da tauchte bereits der Ober mit den Getränken auf.

Herbert klatschte glücklich in die Hände.

Dieser kleine graue Mann setzte das Glas an die Lippen und nahm einen ordentlichen Schluck.

Dann stellte er lautstark das Glas auf den Tisch, putzte sich etwas Schaum vom Mund und seufzte: »Herrlich, das hat gezischt!«

Der Kellner blieb erwartungsvoll stehen.

»Haben sich die Herrschaften entschieden?«

Herta tauchte aus der Speisekarte auf.

»Ja, ich nehme den Tafelspitz!«

»Und Sie«, wandte er sich an Herbert.

»Ich habe überhaupt noch nicht reingeguckt, denn wir haben nur eine Brille mit!«

Herta reichte ihm die Brille wortlose hinüber.

»Ich brauche keine Brille! Ich weiß, was ich will! Ich möchte Matjes nach Hausfrauenart mit Bratkartoffeln. Haben Sie das?«

»Aber klar doch!«, versicherte der Ober.

»Herbert«, schrie Herta abermals auf, »Matjes! Bist du verrückt, deine Galle! Viel zu fett, Diät sollst du halten! Wenn schon Fisch, dann nimm besser Kochfisch mit Dillsauce!«

Herbert blieb aufmüpfig.

»Pah, meine Galle! Heute wird gelebt! Ich bleibe dabei: Matjes mit allem Drum und Dran«, meinte er und stupste seinen Strohhut gutgelaunt in den Nacken.

Eine Weile später sah man die beiden friedlich speisen. Sie verputzte eine Riesenportion Tafelspitz, er seinen Matjes mit einem ordentlichen Berg Bratkartoffeln.

Zum Nachtisch gönnte man sich, ohne Rücksicht auf Galle, Leber und die restlichen Organe, ein riesiges Eis mit einem übermächtigen Tuff Sahne obendrauf.

Beim abschließenden Verdauungsschnäpschen wurden sie doch glatt vom Kellner beim zärtlichen Händchenhalten überrascht.

»Ich bringe Erdbeerkuchen mit …«

Wenn ich länger unterwegs bin und der liebste Mensch an meiner Seite nicht an meiner Seite ist und sich aufopfernd um Haus, Tiere und Pflanzen kümmert, dann frage ich per Handy auf der Rückreise, ob ich etwas mitbringen soll.

»Au ja«, frohlockte da mein Daheimgebliebener, »ich hätte Appetit auf Erdbeerkuchen mit ordentlich Schlagsahne!«

»Mach ich! Wenn es sonst nichts ist«, versprach ich.

Wie der Zufall es wollte, fuhr ich irgendwo in einem kleinen Städtchen gerade an einem großen Bäckerladen vorbei.

Ein Wink des Schicksals, dachte ich, hielt an und betrat Sekunden später einen Laden – ein wahres Kuchenschlaraffenland.

In hell erleuchteten Regalen lagen Kräppelchen in allen Variationen, klein, groß, mit und ohne Zuckerguss, Mohnstriezel, Mohnkuchen mit Streusel, Mohnschnecken und vieles mehr.

Es gab so viel zu schauen, ich wusste kaum, wo ich zuerst hingucken sollte.

Zudem faszinierte mich der Duft, der davon ausging derart, dass ich am liebsten gleich über die Theke gegriffen hätte, um mich selbst zu bedienen.

Vor allem stand da, als hätte man meine Wunschliste gekannt, ein riesiges Blech Erdbeerkuchen mit riesengroßen roten Früchten, überzogen mit dickem, glänzendem Tortenguss.

Es war schon ein wirklich besonderes Angebot an Kuchenvariationen.

Das Tolle an der Geschichte: Mir blieb alle Zeit der Welt, mich umzusehen, denn ich befand mich ganz allein in diesem Schlaraffenland.

Kein Kunde und das Seltsame an der Sache, keine Bedienung weit und breit.

Anfangs freute ich mich darüber, alles in Ruhe genießen zu können, doch irgendwann verspürte ich das Bedürfnis, meine Wünsche zu äußern.

Deshalb rief ich einmal ganz behutsam: »Hallo!«

Ich versuchte es nochmal einen Hauch energischer: »Hallo, ist da jemand!«

Doch meine kläglichen Rufe blieben ungehört, denn niemand kam, niemand fragte freundlich mit einem Lächeln im Gesicht: »Was kann ich für Sie tun?«

Allein ein paar merkwürdige Geräusche aus dem Nebenraum ließen vermuten, dass irgendjemand, wer auch immer, diesen Laden betreute.

Beim näheren Hinhören gelang es mir sogar, jene Geräusche zu identifizieren.

Dabei wurden leichte Kindheitserinnerungen wach.

Unweigerlich wurde ich an meinen Onkel Kurt erinnert, ein großer, kräftiger Mann, der lange in der Forstwirtschaft tätig war und folglich viel Lebenszeit an der frischen Luft verbrachte. Meine Mutter fand ihn unangenehm grobschlächtig, weil er seine Umwelt stets schonungslos an seinen körperlichen Befindlichkeiten teilnehmen ließ.

Wenn er sich schnäuzte, dann prustete er derart laut, dass glatt sämtliche Vögel aus den Bäumen fielen und die Tassen im Schrank hilflos vor sich hin schepperten.

Ähnlich hörte sich auch das an, was aus dem Nebenraum zu vernehmen war.

Die Geräusche und die Freude darüber, dass sich da etwas rührte, ermutigten mich, erneut »Hallo!« zu rufen.

Nach trompetenartigem Schnauben krächzte eine klägliche Stimme: »Ich komme!«

Endlich erschien sie im Türrahmen, die Herrin des Erdbeerkuchens und der Mohnschnecken.

Doch, o Graus, wie sah die Dame aus?

Ihre Augen, rot verquollen wie nach einem Boxkampf, korrespondierten mit dem leuchtenden Rot ihrer Nase, aus der es wohl unaufhörlich tropfte, denn sie hielt ständig ein Tuch darunter.

Die arme Frau, sie tat mir leid in ihrem desolaten Zustand.

Mein Mitleid erhöhte sich gleich doppelt, als sie erneut auf dem Absatz umdrehen musste und mit einem fürchterlichen Niesanfall in den hinteren Gefilden verschwand.

Eine ganze Weile schniefte und schnäuzte sie sich lautstark, bevor sie abermals hinter der Theke erschien.

Da stellte ich doch tatsächlich die nun wahrhaftig überflüssigste Frage der Welt: »Oh, sind Sie erkältet?«

Sie nickte und putzte sich dabei mit einem total durchnässten Taschentuch unaufhörlich ihre bereits wundgeriebene Nase.

»Sie gehören ins Bett«, stellte ich fest.

»Ich weiß«, meinte sie, »aber sagen Sie das mal meinem Chef!«

Mehr war sie nicht in der Lage von sich zu geben. Erneut schüttelten Niesanfälle ihren gesamten Köper, ließen ihr keine Zeit sich in die hinteren Räume zu flüchten.

Sie tobte sich voll und ganz vor, neben und über dem Erdbeerkuchen aus.

»Hatschi, hatschi, hatschi«, schleuderte dieses Bazillenmutterschiff ganze Geschwader von Bazillen in die nähere Umgebung. Ganz ehrlich, mir kribbelte es bereits ebenfalls ordentlich in der Nase.

In diesem Moment wurde mir die Tragweite ihrer Streuung bewusst: Postwendend sah ich Millionen Bazillen die sich schmatzend über die leckeren Sachen hermachten.

Die Dame war mir sehr sympathisch, aber ich verspürte keinerlei Lust darauf, ihr triefendes Schicksal zu teilen.

Spontan entschloss ich mich zum Rückzug.

Als die Frau abermals mit großem Niesgetöse in den Nebenraum stürzte, entfernte ich mich grußlos.

Zum Trost habe ich an der Tankstelle eine Packung Butterkekse gekauft.

Mein Freund der Baum

Hui! Es gibt kaum schlimmere Dispute als die zwischen Nachbarn am oder um den »Maschendrahtzaun«.

Wenn Äste aus Nachbars Garten über die Grenze schweben, gibt's Krieg, wer welche Früchte ernten darf oder ob Onkel Max das Fallobst wieder zurückbringen muss, was schon längst vermust wurde.

Dabei gibt es nichts Köstlicheres als die Kirschen aus Nachbars Garten.

Reihenweise Kindheitserinnerungen sind mit solch stibitzigen Unternehmen verbunden.

Mit anderen Worten: Bäume in Nachbars Garten stehen zwar in enger Berührung zum eigenen Leben, bleiben aber unerreichbar die Bäume des Nachbarn.

Und wie sehr man auch über Besitzrechte streiten mag, eins bleibt allen in der gesamten Umgebung erhalten – der Blick, und der ist frei!

Oder sollte da jemand kommen und bestimmen, wie viele Stunden ich rüberschauen darf.

Nein!

Ungehindert konnte ich seit ewigen Zeiten den Lauf des Jahres an »meinen« Bäumen bewundern.

Im Frühling ergötzte ich mich an der dichten Blütenpracht, im Sommer schielte ich neidisch nach den Früchten, und im Herbst geriet ich in Verzückung, wenn die Blätter in schillernden Farben zu mir herüberleuchteten.

Derart erging es mir mit den wilden Kirschen meines Nachbarn.

Jene Bäume drüben begleiteten in stiller Anmut mein tägliches Leben.

Manchmal empfand ich sie sogar als seelische Stütze, nahm ich mir ein Beispiel an ihnen, wenn der Wind sie schüttelte, als wollte er sie in kleine Stücke rupfen, sie aber beharrlich jedem Angriff trotzten.

Nicht einen einzigen Ast verloren sie all die Jahre!

Oder welche Freude, wenn dick der Schnee sie bis in die äußerste Spitze hin weiß aufpolsterte.

Ringsum verwandelte sich die gesamte Welt in einen Märchenwald. Damit bescherten sie mir manchen Weihnachtszauber.

Alle diese Herrlichkeiten sah ich als normal an und genoss sie, als würden sie ewiglich wiederkehren.

Neigt doch der Mensch dazu, nach Möglichkeit die Dinge zu belassen wie sie sind.

Doch eines Tages gibt es einen Rums, als wollten sich die Kartoffeln aus dem Keller befreien.

In diesem Fall begann die Geschichte mit schrecklichem Gerumpel, derart, dass der Boden unter meinen Füßen zitterte.

Mein erster Gedanke: Erdbeben?

Heutzutage muss man mit allem rechnen.

Schnell erhob ich mich von meinem Schreibtisch, um einen Blick nach draußen zu werfen.

Meine Güte!

Ganz dicht an meinem Fenster fuhr ein undefinierbares großes grünes Gerät vorbei.

Aber was gingen mich grüne rumpelnde Geräte an, dachte ich und ging beruhigt zum Schreibtisch zurück.

Kaum wieder in meine Arbeit vertieft, hörte ich den durchdringenden Schrei einer Säge. Der Lautstärke nach handelte es sich um eine ziemlich große Säge.

Säge?

Wer sägt denn da mitten an einem Freitagnachmittag und dann auch noch bei Sturm und Regen?

Da ich mir sowieso eine Tasse Kaffee aus der Küche holen wollte, nutzte ich gleich die Gelegenheit, mal neugierig nachzuschauen.

Das hätte ich lieber lassen sollen, denn was sich mir beim Blick aus meinem Wohnzimmerfenster bot, verdarb mir jede Stimmung.

Ehrlicherweise konnte ich nicht ganz begreifen, was da vor sich ging.

Ein Mensch in qietschgelbem Friesennerz, gelbem Helm und orangefarbenen Ohrschützern fuhrwerkte von einer grünen Hebebühne aus mit einer Säge gnadenlos in der Krone des nachbarlichen Kirschbaums herum.

Voller Entsetzen sah ich dem Geschehen zu.

»Mein Baum, mein schöner Baum«, jammerte ich.

Ich öffnete das Fenster, wollte schreien, aber bei dem ohrenbetäubenden Lärm ein völlig sinnloses Unterfangen.

Dieser Mann würde mich nicht hören, geschweige auf mich aufmerksam werden.

Zudem musste er sich mächtig anstrengen, denn das Holz wohl recht hart, gab nicht so schnell nach.

Die Späne stiebten wie in einem großen Funkenregen links und rechts aus der Schnittstelle heraus. Ein heroischer Kampf Baum gegen Mann spielte sich direkt vor meinen Augen ab.

Das Geräusch der Säge steigerte sich in immer schriller und schriller werdenden Tönen, klang für mich wie ein nie enden wollender Schrei.

Das Opfer, »mein Baum«, blieb der Tortur ausgeliefert, denn ich konnte ihm nicht zu Hilfe eilen.

Ast für Ast fiel mit Gepolter zu Boden.

Als nur noch der Hauptstamm und die obere Astgabel übrig blieben, setzte der Mann, von der Anstrengung gezeichnet, die Säge ab, lehnte sich an den Kanzelrand und trank ein paar Schlucke aus einer Wasserflasche.

Wie gelähmt blieb ich am Fenster stehen.

Dabei zerriss es mir das Herz, denn die beiden verbliebenen Äste rechts und links erschienen mir wie zum Himmel ausgestreckte Arme, die um Hilfe flehten.

Aber wie bitte sollte ich eingreifen, vielleicht den Mann aus der Hebebühne zerren?

Selbst wenn ich mich an die Bäume anketten würde, weil sie ein Teil meines Lebens sind, so blieben sie letztendlich die Bäume des Nachbarn, und ich hätte keinerlei Handhabe.

Gnadenlos nahm der Mann in der gelben Jacke seine Arbeit wieder auf.

Stück für Stück verschwanden dann auch die zum Himmel ausgestreckten Arme und der restliche Stamm. Alles, was blieb, war eine riesengroße Lücke!

Ein »Nichts«, als hätte es dort nie einen Baum gegeben.

Ich begann hemmungslos zu weinen, solch große Lücke verspürte ich in meinem Herzen.

Selten habe ich jemand in solch einem Tempo arbeiten sehen.

Kaum dass die Überreste zersägt am Boden lagen, fuhr ein Lkw vor, und man begann in aller Eile die Einzelteile zu verladen, als wollte man komplett alle Beweismittel verschwinden lassen.

Völlig vertuschen, dass dort je ein Baum gestanden hat.

Stück für Stück landete mit großem Gepolter auf der Ladefläche.

Ich hatte genug, ging weg vom Fenster.

Diesen Anblick konnte ich nicht länger ertragen.

Teile meines Lebens wurde da in schnöder Gleichgültigkeit weggefahren.

Am meisten ärgerte mich an dieser Aktion meine totale Hilflosigkeit.

Beinahe ohnmächtig musste ich diesem Geschehen zuschauen.

Auch stimmte es mich etwas traurig, dass mein Nachbar, mit dem ich sonst in gutem Einvernehmen lebte, dieses Vorhaben bei unseren Gesprächen am Zaun mit keiner Silbe je erwähnte.

Vielleicht hätte man erst darüber reden können. Seine Handlungsweise blieb mir völlig unverständlich.

Doch was nützte es?

Jedes Wenn und Aber ergaben keinen Sinn, nun nicht mehr.

Der Baum war weg!

Unwiederbringlich weg!

Aber vielleicht schmerzte mich diese Tatsache deshalb so besonders, weil wir auch oft den Tod eines lieben Menschen nicht fassen können.

Gestern hat man noch mit ihm gesprochen, und am nächsten Tag heißt es, er sei umgefallen – tot!

Ebenso unfassbar, dass es diesen Menschen nicht mehr geben soll.

Meinem Baum, dachte ich, könnte das nicht passieren. Ihn hielt ich für ein Symbol der Ewigkeit, immer da, unverbrüchlich – als kleinen Trost für die unausweichliche Endlichkeit.

Tagelang scheute ich den Blick aus dem Wohnzimmerfenster, bin ich kaum in dieses Zimmer gegangen.

Doch irgendwann musste ich zufällig etwas am Vorhang richten. Voller Schmerz streifte mein Blick die Stelle, wo der Baum einst stand, da mischte sich beim Anblick dessen, was sich mir bot, meine tiefe Trauer mit großem glückseligem Erstaunen.

Eine riesig weite Aussicht präsentierte sich mir, weit über das Tal bis zu kilometerweit entfernten Hügeln.

Und wie um mir diesen Anblick richtig schmackhaft zu machen, kroch die Sonne hinter den Wolken hervor und ließ Millionen Regentropfen glitzern und glänzen.

So lehrte mich dieser Tag mal wieder, dass alles zwar vergänglich ist, doch jedes Ende auch ein neuer Anfang sein kann.

»*Glücklich ist, wer vergisst …*«

Wer kennt ihn nicht den spitzen Schrei vor dem Kleiderschrank: »Ich habe nichts anzuziehen!«
Besonders oft ist er zu hören, wenn wir von einer Jahreszeit in die andere wechseln.
Jeder, der das hört, könnte annehmen, solch eine Frau steht vor einem völlig leeren Schrank, in dem nur ein paar armselig leere Bügel aneinanderklappern.
Dabei ist genau das Gegenteil der Fall: Selbiger Schrank ist randvoll, in ihm ersticken selbst die Motten.
Derart dicht gedrängt hängen Blusen, Kleider, Mäntel, dass man kaum mit der Hand dazwischen gelangt.
Genau das ist mein Problem!
Vor lauter Kleidern, Jacken, Hosen habe ich die Übersicht verloren.
Da gibt es nur eine Möglichkeit: entrümpeln, lichten, vieles weg, raus damit!
Ein guter Vorsatz, leider aber leichter gesagt, als getan!
Haften doch bei den meisten gefühlsbetonten Menschen an jedem Kleidungsstück ganz eigene Erinnerungen aus guten und aus schlechten Zeiten.
Das kann mitunter skurrile Formen annehmen.
Jahrelang habe ich einen total zerlumpten Schal mein Eigen genannt, in den ich mich besonders an kalten Wintertagen vor einem gemütlichen Kaminfeuer kuschelte.
Oder morgens gleich um Hals und Kopf wickelte, wenn ich mal

schnell im Nachthemd die Zeitung aus dem Briefkasten holte. Auch bei Bauch- und Gelenkschmerzen kam er gern als wärmende Therapie zum Einsatz.

Also ein nützliches Gebilde, von dem ich mich nicht trennen konnte.

Er war mir besonders deshalb ans Herz gewachsen, weil ich ihn auf einer Weihnachtsshoppingreise nach New York erstanden hatte.

Dort galt er als mein wichtigster wärmender Halt.

Mit einer lieben Freundin zusammen, wollten wir unser Herz am New Yorker Weihnachtsrummel erwärmen. Leider entwickelte sich das Ganze von Anfang an zu einer sehr kühlen Angelegenheit, denn die Heizung in dem angemieteten Hotelzimmer ließ sich nicht regulieren. Wenn man sie aufdrehte, sprang das Gebläse an und ein dicker heißer Strahl füllte das Zimmer, der einem schier die Luft zum Atmen nahm.

Es boten sich uns zwei Möglichkeiten: entweder ersticken oder erfrieren.

Jeden Morgen meldeten wir den Schaden an der Rezeption. Dort versprach man freundlich, sich darum zu kümmern, doch wenn wir abends erschöpft heimkehrten, hatte sich nichts getan.

Uns nachts auf Zimmersuche in New York zu begeben, fanden wir auch nicht gerade prickelnd.

Zumal gleich in der ersten Nacht direkt vor unserem Hotel Schüsse fielen. Ein riesiges Polizeiaufgebot postierte sich mit lautem Sirenengeheul, auf der anderen Straßenseite und erleuchtete mit stundenlangem Blaulicht das Zimmer.

An Schlaf war da kaum zu denken.

So zogen wir uns nicht aus, sondern an, wenn wir ins Bett gingen!

Wir empfanden es ärgerlich und lustig zugleich, denn mit dicker Mütze auf dem Kopf und Schal um den Hals im Bett – schon ein leicht gewöhnungsbedürftiger Anblick. Zumal wir unter der Bettdecke auch noch unsere Mäntel trugen.

Trotzdem, und vielleicht auch wegen der kühlen Umstände, entwickelte sich das zu einem besonderen Erlebnis: New York in tiefem Schnee versunken und wir bibbernd im Bett.

Eines Tages benutzte, selbstverständlich aus purem Versehen, der liebste Mensch an meiner Seite diesen Wunderschal, weil er meinte, es handele sich um einen Putzlumpen, zum Reinigen eines stark ölverschmierten Motors.

Kaum zu schildern, welch großes Geschrei ausbrach!

Von dem heiligen Stück war leider nichts mehr zu retten!

Also birgt jedes Teil seine ganz eigene Geschichte, wird »Kleidung entsorgen« zum hochsensiblen Thema, als ob ein Stück Leben verschwindet.

Ach, und was ist erst los bei den Sachen aus körperlich schlanken Zeiten!

Sie wecken geradezu wehmütige Erinnerungen.

Ein ganz besonders wunder Punkt, denn kaum lässt man ein traumhaft enges Gebilde in den Müllsack gleiten, erwacht in jedem rundlichen Wesen sofort der Entschluss, es noch ein letztes Mal mit eiserner Disziplin und ganz viel Sport zu schaffen.

Plötzlich pocht das Herz in fröhlicher Bereitschaft, alles zu tun, um eben wieder in dieses wunderschöne Kleid zu passen.

Gleich morgen, schwören wir, wird damit begonnen!

Geprägt von dieser Aussicht wird selbiges Kleidchen sofort in den Schrank zurückgehängt.

Allerdings muss es eine ziemliche Weile darauf warten, bis wir zur Gazelle abspecken.

Auf diese Weise platzen wir gemeinsam mit dem Schrank aus den Nähten.

Doch irgendwann ist das Maß voll!

Sämtliche Diätpläne haben versagt.

Allerdings nicht deshalb, weil sie nicht klappen, sondern eher, weil wir sie nicht in Angriff genommen haben.

Meine Begründung lautet dann immer: »Ich finde weder Zeit noch Nerven dazu, mich derart zu kasteien!«

Deshalb müssen wir auf andere Weise die Geschichte ausdünnen.

Mutig stellen wir uns vor den Kleiderschrank, fest entschlossen, zu einem kräftigen Rundumschlag auszuholen. Alle Sachen, auch die aus der schlanken Vergangenheit, wandern ohne hinzuschauen in den Müll.

Der liebste Mensch an meiner Seite half mir liebevoll dabei.

Alles lief gut: Stück für Stück wanderte in die blauen Säcke, bis zu dem Augenblick, als der warme karierte Wollrock auftauchte.

Hier sträubte ich mich zum ersten Mal.

Diesen Rock, ein uraltes Stück, zu dem viele von meinen Jacken passten, wollte ich einfach nicht hergeben.

Nur der Rock selbst passte nicht mehr.

Sein Reißverschluss klaffte eine handbreit auseinander; hier half nichts mehr, kein eingesetztes Gummiband und keine Sicherheitsnadel zur Überbrückung.

Er ließ sich weder im Stehen noch im Liegen, auch nicht bei Kopfstand schließen.

»Komm, weg damit, du kannst dich darin absolut nicht rühren!« Gemeinsam ließen wir das teure Stück in den Sack gleiten. Mich zwackte ein bisschen Wehmut, aber gleichzeitig fühlte ich auch Erleichterung.

Wenn dieser tolle Rock wegmusste, dann zeigte ich mich auch dazu bereit, ihm gleich einige andere Teile nachzuschicken und geriet in einen wahren Wegwerfrausch.

Plötzlich hingen die Bügel locker nebeneinander, ein wohltuendes Gefühl bei so viel neugewonnenem Platz im Kleiderschrank. Ich fühlte mich wie innerlich frisch geduscht.

Und weil das mit dem Kleiderschrank so gut klappte, nahmen wir uns gleich auch die Schubladen in meinem Schreibtisch vor. Man staunt ja manchmal, was sich in hinteren Schubladenecken ansammelt, und mit welchen Sachen wir ein verstaubtes Wiedersehen feiern können.

In diesem Fall fand sich eine kleine Spieluhr, ein Erinnerungsstück aus einem Urlaub im Gebirge. Jahrelang klimperte das hölzerne Ding vor sich hin: »Glücklich ist, wer vergisst, was nicht mehr zu ändern ist!«

Als ich sie in die Hand nahm, konnte ich rütteln und schütteln soviel ich wollte: Sie gab keinen einzigen Mucks mehr von sich!

Also ab mit ihr in den Müll!

Irgendwann trugen wir sämtliche Säcke nach draußen, fertig zum Abtransport.

Gerade, als wir ein letztes Exemplar davon daneben stellten, fielen, warum auch immer, alle Säcke um.

Und, welch ein Wunder! Man hörte plötzlich Musik, erst ganz leise, dann lauter werdend direkt aus dem blauen Berg.

Die kleine hölzerne Spieluhr spielte plötzlich mit glockenhellem Klang: »Glücklich ist, wer vergisst …«

Fehlerlos und präzise bot sie, ohne auch nur ein einziges Mal zu stocken, in wundersamer Weise das Lied bis zum letzten Ton.

Es zerriss mir das Herz!

Den Tränen nahe, wollte ich mich sofort kopfüber in die Säcke stürzen, um das kleine Klimperding zu retten.

Doch bevor ich überhaupt orten konnte, in welchem Sack es sich befand, griffen schwielige Männerhände nach den Säcken und warfen sie auf den Abholwagen.

»Glücklich ist, wer vergisst!«, trällerte die Spieluhr selbst noch, als der Wagen sich bereits in Bewegung setzte.

Ziemlich hilflos schaute ich der Fuhre nach.

Immer leiser werdend übertönten bald die Motorgeräusche die letzten Klänge.

Wenn ich nun nichts mehr an meinem Entschluss, die Spieluhr weggeworfen zu haben, ändern konnte, so empfahl es sich den Text des Liedes wörtlich umzusetzen.

Diese Sachen waren unwiederbringlich von mir genommen.

Nichts ließ sich mehr daran ändern!

Also beschloss ich, mich glücklich zu fühlen, denn mit dem Vergessen bot sich Raum für eine neue Sicht!

Ich hab getanzt heut' Nacht …

Genau das hatte Elisa in »My fair Lady« gesungen, und genau das hätte Esther heute gutgelaunt trällern können.

Denn sie hatte sich vorgenommen, die ganze Nacht hindurch nur zu tanzen, zu tanzen …

Ein sogenannter Galaabend mit »Sieben-Gänge-Menü« und anschließendem Showteil stand für sie und ihren Mann Axel auf dem Programm.

Freudig berichtete sie ihrem Axel davon, und in besonders schillernden Farben ließ sie sich über die Speisefolge aus.

Da Axel gutes Essen liebte, hörte er diesbezüglich sogar mal aufmerksam zu. Der Rest des Abends interessierte ihn nicht, war ihm schlicht schnuppe!

Vom weiteren Verlauf berichtete Esther ganz bewusst deshalb nicht so ausgiebig, weil anschließend Tanz auf dem Programm stand, richtiger Gesellschaftstanz!

Paare einer Tanzschule wollten nach der großen Show auf der Bühne die »Laien« integrieren.

Mit anderen Worten: Die Profis sollten Partner aus dem Publikum auffordern, um der stinknormalen Menge ein Gefühl für guten »Gesellschaftstanz« zu vermitteln.

Leider handelte es sich bei Axel aber um einen notorischen Nichttänzer, der zu einem bockigen Grautier mutierte, wenn man ihn dazu zwingen wollte.

Tröstlicherweise blieb Axel nicht der einzige Tanzmuffel in solcher Gesellschaft.

Die Herren der Schöpfung, die sich sonst gern mit ihren Taten und ihrem Können brüsten, halten sich diesbezüglich gern mit ihren Talenten zurück, geben sogar freiwillig totale Unfähigkeiten zu.

Oder sie erfinden abenteuerlichste Ausreden und Beteuerungen, warum es ihnen augenblicklich nicht möglich sei, sich zu bewegen.

Großzügig kramen sie dazu das klinische Wörterbuch hervor und präsentieren schlimmste Diagnosen das gesamte Skelett rauf und runter.

Den einen plagen Schmerzen an Becken, Knie und Hüfte. Die Vornehmen neigen mehr dazu, das Ileosakralgelenk zu strapazieren – klingt auch weitaus bedeutungsvoller.

Den Nächsten sticht die Gicht im großen Zeh, manchmal auch im Kleinen.

Das sind Schmerzen!

Das pure Mitleid möchte einen packen!

Die Ehrlichen sagen einfach, sie hätten keinen Bock darauf … kurz null Bock …

Kein Wunder, bietet sich bei sämtlichen Feiern zu vorgerückter Stunde doch ein nicht seltenes Bild: Während die holde Männlichkeit mit dem Bier in der Hand am Tresen rumlümmelt, tobt sich die geschlossene Weiberschar nach Beat, Rock und Pop mal richtig aus.

Also rückblickend eine ziemlich unerfreuliche Geschichtet, die Esther dazu veranlasste, ihrem hauseigenen Tanzmuffel den wirklichen Verlauf des Abends besser zu verschweigen.

Die Menüfolge ging zügig und reibungslos.

Nach dem Dessert wurden noch alle mit Espresso oder Kaffee versorgt, und schon begann das »Schautanzen«.

Der erste Tanz, ein Foxtrott.

Die geschmeidigen Körper huschten elfengleich vorüber.

An Haltung und Grazie waren diese Darbietungen nicht zu toppen.

Dazu die Perfektion der Schritte in einer Schnelligkeit, dass man die Schrittfolgen mit bloßem Auge kaum erfassen konnte.

Da staunte selbst der notorische Nichttänzer.

»Bravo«, rief er sogar einmal voller Begeisterung.

Ein Kunstwerk folgte aufs andere.

Ein Heer vieler junger, drahtiger und durchtrainierter Menschen legte ein Feuerwerk kunstvoller spritziger Bewegungen hin, dass es einem jeden in den Gliedern zuckte.

Genau das war der Sinn des Abends.

Schon kündigte sich das Highlight an.

Die Show war kaum beendet, schwärmten auch schon die Meistertänzer aus und forderten das Publikum auf.

Eine tolle Idee, die aber manchen unbeholfenen Laien vor Angst zittern ließ.

Beispielsweise Esther, die laut getönt hatte, endlich einmal ordentlich die Nacht durchzutanzen, kriegte plötzlich Angst vor der eigenen Courage.

Direkt auf ihren Tisch steuerte bereits ein junger Mann zu.

Edel sah er aus mit seinen blonden Locken und der schwarzen Weste, die an den Rändern mit kleinen Glitzersteinchen besetzt war, über dem blütenweißen Hemd.

Esther puckerte das Herz bis zum Hals.

»Wenn dieser Mann mich jetzt auffordert, falle ich in Ohnmacht«, kündigte sie aufgeregt an.

Die Aufregung konnte sie sich sparen.

Der schöne Jüngling richtete ganz plötzlich sein Augenmerk auf die Dame am Nachbartisch.

Jene kniete beinahe vor Ehrfurcht nieder, trippelte wie ein aufgeregtes Schulmädchen an seine Seite und ließ sich mit leicht vor Aufregung geröteten Wangen auf die Tanzfläche entführen.

Esther empfand Enttäuschung und Erleichterung gleichermaßen.

Lange darüber nachzudenken, blieb ihr nicht.

Denn da passierte es!

Ein pfirsichfarbenes Etwas in einem pfirsichfarbenen Kleid schwebte in Richtung Axel, verneigte sich, und während sie »Darf ich bitten« hauchte, bot sie Axel ihre elfengleiche Hand.

Man hörte es förmlich knistern in der Luft.

Was würde geschehen?

Da konnte doch selbst ein hartnäckiger Axel nicht widerstehen. Esthers Spannung über den Ausgang dieser Szene raubte ihr fast den Verstand.

Was, wenn er dieser Königin des Abends einen Korb gäbe?

Es kam schlimmer.

Axel schaute sich die Schöne von oben bis unten an und meinte trocken: »Ich tanze nicht!«

Dem schönen Wesen glitt für Sekunden das Lächeln aus dem Gesicht.

Das war starker Tobak, einem solch schönen Wesen so viel Nichtachtung zu zeigen.

Esther wäre am liebsten vor Peinlichkeit unter den Tisch gerutscht.

Das hübsche Wesen ließ sich nicht abschütteln: »Aber, aber«, meinte sie und winkte ihn mit ihrem Porzellanhändchen zu sich heran, dabei schaute sie ihm ganz fest in die Augen.

Eine Weile verharrten sie ganz stumm, als wollten sie einander hypnotisieren.

Schließlich siegte die schöne Fee, und Sturkopf Axel folgte ihr wie in Trance.

Da saß sie nun die arme Esther wie bestellt und nicht abgeholt, während Axel plötzlich seine neuentdeckten Talente pflegte.

Ganz schön belämmert fand sie die Situation, denn mit dem nach Herzenslust die ganze Nacht lang tanzen gab es wohl nix.

Angesicht dessen konnte sie es sich ja wenigstens bequem machen, denn die feinen Pumps, extra für diesen sportlichen Einsatz angeschafft, drückten erbärmlich. Unbemerkt von den Menschen rundherum, streifte sie Schuh für Schuh unter dem Tisch ab.

Während sie in leichter Verzweiflung an ihrem Weinglas nippte, machte sich leiser Groll über die Ungerechtigkeit des Lebens in ihrem Herzen breit.

War das so schlimm, was sie sich gewünscht hatte?

Ein bisschen Lebensfreude, Ausgelassenheit!

Ihre innere Auseinandersetzung setzte ihr ganz schön zu. Dermaßen enttäuscht fühlte sie sich, dass ihr beinahe ein klitzekleines Tränchen gekommen wäre.

»Darf ich bitten?«, weckte sie plötzlich eine Stimme ganz sanft, dicht neben ihr aus diesem traurigen Resümieren.

Als Esther aufschaute, sah sie in zwei dunkelbraune Augen, traumhaft dunkel wie zwei glänzende Malzbonbons.

Einer von diesen bildhübschen Tänzern, schwarzes, gewelltes Haar, fein ausgeprägte Nase, ansonsten ein kantiges Gesicht, er erinnerte stark an Johnny Depp aus »Fluch der Karibik«, nur weitaus interessanter und markanter, forderte sie auf.

Kurz – ein Traumprinz!

Da möchte man sich nur fallenlassen, in diesem Fall Frau Esther und hinweggleiten in das Land der Träume.

Ganz konnte sie ihr Glück noch nicht fassen!

»Aber gern«, hauchte sie noch völlig benommen von dieser Überraschung.

Der junge Mann bahnte bereits mit eleganter Geste den Weg für sie, Esther wollte auch schon dazu ansetzen, ihn zu gehen, da fiel ihr ein, dass sie sich ja gerade unter dem Tisch ihrer Schuhe entledigt hatte.

Eine natürlich weit weniger elegante Situation, denn Esther musste erst einmal kopfüber unter den Tisch abtauchen, um selbige zu finden.

Mit hochrotem Kopf und den Schuhen tauchte sie wieder auf.

Nun musste sie nur noch schnell hineinschlüpfen.

Aber wer kennt das nicht: Sind die Dinger erst mal abgestreift, schwellen die Füße an, kommt man kaum wieder in den Schuh rein.

Genauso erging es Esther!

In diesem Moment erinnerte sie sich an einen Fragebogen, den sie kürzlich ausfüllen sollte.

Da wurde unter anderem danach gefragt, welches der peinlichste Augenblick in ihrem Leben war?

Damals fiel ihr keiner ein, jetzt hätte sie einen ganzen Roman darüber schreiben können.

Der Traumprinz in der Warteschleife und sie mit dem Kopf

unter dem Tisch und dann zwei Füße so dick wie indische Tee-
kännchen, die in keinen Schuh mehr passen wollten.

»Lassen Sie die Schuhe doch einfach aus«, empfahl ihr bildschö-
ner »Johnny«.

Ganz ruhig sprach er zu ihr.

Obwohl er schon eine Weile ihrem Schuhdilemma gelassen zuschaute, blieb er völlig geduldig, zeigte keinerlei Anflug von
Stress oder Eile.

Ein Wunder!

Axel hätte sie schon gescheucht wie ein Suppenhuhn.

Denn warten, dazu noch geduldig warten, gehörte beispielsweise überhaupt nicht zu den Qualitäten ihres Göttergatten.

Aber das war ihr in diesem Moment ziemlich egal.

Dieser Mann wartete auf sie!

Deshalb wagte sie noch einmal einen Versuch, in die Schuhe
hineinzukommen. Diesmal hielt sie die Luft dabei an, und als
ob das wirklich helfen würde, kam sie tatsächlich in die Schuhe
rein.

Von da an ging alles sehr schnell, »Johnny« nahm sie kräftig bei
der Hand und zog sie mit großem Schwung auf die Tanzfläche.

Mit ebenso elegantem Schwung landete sie anschließend in seinen Armen.

Wiener Walzer spielte die Kapelle.

Wann hatte sie das letzte Mal Walzer getanzt?

Ja, mal auf dem Geburtstag einer Tante mit Onkel Max.

Onkel Max mit seinen über neunzig Jahren hatte sie wie wild
herumgeschwungen.

Anschließend war er umgefallen. Mit vier Leuten mussten sie
ihn vom Boden wieder auflesen.

Wieso ihr das gerade jetzt einfiel?

Wiener Walzer!

Johnny hielt sie dermaßen geschickt in seinen Armen, dass sie
sich leicht wie eine Feder fühlte.

Esther war erstaunt über sich selbst, wie sie mit den pummeligen
Füßen völlig schwerelos im Kreis schwebte und schwebte und
schwebte, manchmal rechts herum, manchmal links …

Esther genoss den Flug zu den Sternen und fühlte sich dermaßen wohl in den Armen ihres Tänzers, dass sie langsam damit begann, jede Kleinigkeit wahrzunehmen.

Und ein Wiener Walzer wäre kein Wiener Walzer, wenn die Drehungen nicht größer und größer werdend ausgeführt würden.

Esther lehnte sich vertrauensvoll zurück und ließ sich von der Fliehkraft immer tiefer in Johnnys Arme drücken.

Diese Fliehkraft bewirkte auch, einen ihrer Ohrringe irgendwo in die Weite des Saales hinauszutragen.

Ein teurer Ohrring, den sie sich erst letztens für viel Geld geleistet hatte, aber das kümmerte sie keinen Deut.

Er würde sich schon irgendwo wiederfinden.

Ihrer Glückseligkeit konnte man kaum noch ein Krönchen aufsetzen.

Huch, da glitzerte es schon, das Krönchen.

Wenn sie beide bisher, trotz aller Harmonie, die sie bei diesem Tanz verband, es vermieden sich anzuschauen, war grad der Moment gekommen, in dem sich ihre Blicke trafen.

Das wäre ja noch nichts Besonderes gewesen, und Esther hätte nie im Leben an etwas Verwerfliches gedacht, doch als sie in diese dunkelbraunen Malzbonbons sah, war das nicht nur ein Blick, der sie nur anschaute, sie gar musterte, er traf sie bis tief in die Herzspitze.

Dieser Blick war ehrlich gemeint, das spürte sie, und ein seltsam beglückendes Gefühl prickelte durch ihren gesamten Körper.

»Wissen Sie, wie wunderbar Sie tanzen!«, flüsterte Johnny.

Nein, das wusste sie nicht.

Esther hielt dem Blick der Malzbonbons stand.

»Ich tanze gerne«, war das Einzige, was sie überhaupt fähig war zu äußern.

Im Grunde genommen, konnte sie vor lauter Anspannung gar nicht sprechen.

Viel zu viel an wirren, beglückenden, fragenden und sonstigen Gedanken wirbelten in ihrem Kopf herum.

Dieser Blick, der eindringlich bis in die Tiefe ihrer Seele reichte, in dem wollte sie verweilen, ruhen, schwelgen, schwärmen, träumen.

Er wärmte das Herz, hielt sie wie auf einer Wolke.

Ganz gelang es ihr allerdings nicht, dieses Im-Blick-Verweilen zu genießen, denn ohne zu wollen, schlichen sich winzig kleine Skrupel in das Wohlgefühl hinein.

Esther, was machst du, dieser Mann ist um einiges jünger als du!

Was, wenn Axel etwas bemerkte?

Schnell wischte sie alle Zweifel und Bedenken weg.

Hier zählte nur der Augenblick und der fühlte sich wundersam an und sollte niemals enden.

Ein bisschen dauerte er noch an, denn dem Walzer folgte ein langsamer Walzer. Letzteren wüsste Esther überhaupt nicht irgendwann getanzt zu haben, aber tapfer hielt sie durch.

Schritte, die sich aneinanderreihten, Blicke, die voller Wärme ineinander ruhten und dieses starke Umfangensein mischten sich zu einem Rauschzustand, der sich mehr und mehr vertiefte.

Esther dachte nicht mehr an den Altersunterschied und die schmerzenden Füße, sie wuchs über sich hinaus.

Ihre Hände lagen ineinander, als wäre es immer schon so gewesen und nicht nur dass Esther ihrerseits seiner Schönheit, Jugend und Können in Bewunderung zu Füßen lag, auch Johnny hatte wohl an diesem Abend eine kleine Vorliebe für etwas reifere, brünette Frauen entdeckt.

Denn immer wieder flüsterte er ihr zu: »… Sie tanzen himmlisch!«

Das war keine Schmeichelei, keine Lüge!

Sie spürte selbst, mit welcher Leichtigkeit es ihr gelang, auf seine Führung zu reagieren.

Bis dahin!

Denn ziemlich unwirsch riss die Kapelle Esther aus ihrem Malzbonbonrausch und bot plötzlich musikalisch eine Polka an.

Das brachte ungewollt Schwung in ihre Beziehung.

Mit übermütigem Lächeln fasste Johnny ihre beiden Hände und los ging's, quer und längs in großen Hüpfern durch den Saal.

Lustig, quirlig, wunderbar, und ihr schöner Johnny juchzte vor Begeisterung.

Esther juchzte mit, aber rein konditionell fühlte sie sich schon leicht am Limit angekommen.

Diese Polka forderte alle Kraft von ihr, und die angeknacksten Gelenke quietschten ordentlich in den Fugen.

Dies zuzugeben, fand sie unter diesen Umständen nicht angebracht.

Schließlich erfüllte sich doch endlich ihr Herzenswunsch, die ganze Nacht zu toben und zu tanzen.

Aber manchmal können Träume sich zu Albträumen entwickeln.

Dieser Traum befand sich auf dem Weg dorthin.

Beim Walzer und all den anderen Tänzen hatte Johnny sie fest in seinen Amen gehalten, bei der Polka war sie mehr auf sich selbst gestellt.

Das kostete ordentlich Kraft und ordentlich Puste, und die ging ihr langsam aus.

Das Tempo wurde schnell und schneller. Der andere Ohrring verabschiedete sich ebenfalls.

Sie verlor den linken Schuh, schmiss den rechten auch noch weg und hüpfte barfuß weiter.

Johnny strahlte über das ganze Gesicht, Esther strahlte mutig zurück, aber ganz tief da drinnen, hoffte sie und besonders ihre bereits schmerzende Lunge, dass bald Schluss mit der Polka sei.

Endlich der Schlussakkord, noch einmal aufstampfen und sie standen still.

Schweißgebadet, die Haare völlig derangiert und ordentlich nach Luft schnappend fühlte Esther sich endlich erlöst.

Johnny, auch ganz schön außer Atem, drückte sie fest an sich: »Du bist eine tolle Frau! Meine Güte, so gut wie Du tanzen kannst, könntest du direkt bei uns mitmachen!«

Esther wischte sich mit dem Ärmel etwas Schweiß aus dem Gesicht. Für eine Antwort fehlte ihr noch etwas Luft.

»Zugabe, Zugabe!«

Sämtliche Paare auf der Tanzfläche klatschten und schrien der Kapelle aufmunternd zu.

Ehe Esther sich versah, griffen die Musiker erneut zu ihren Instrumenten und Johnny nach ihr, und schon sauste sie in großen Sprüngen erneut durch den Saal.

Johnny lachte fröhlich, sie lachte verkniffen, denn die rechte Freude wollte ihr diese Zugabe nicht bringen!

Sämtliche Extremitäten meldeten eine starke Überforderung, jeder Atemzug schmerzte in den Seiten.

Seitenstiche stellten sich ein, kurzum, sie hatte genug.

Esther lechzte dringend nach einer Pause!

Als endlich auch dieser Tanz sein Ende nahm, ließ sie sich bereitwillig zu ihrem Platz zurückbegleiten.

Johnny schaute sie noch einmal bittend an: »Na, noch einen?«

»Nein danke, es war wunderschön. Ich muss mich erst einmal ausruhen.«

Obwohl sie ihm einen Korb gab, machte sich Johnny die Mühe und sammelte ihre Schuhe auf der Tanzfläche ein, um sie ihr dann auch noch zum Platz zu bringen.

Esther fand ihn einfach süß.

Total am Ende ihrer Kraft ließ sie sich auf ihren Stuhl fallen.

Sie brauchte eine ganze Weile, bis sie wieder normal atmen konnte.

Kein Wunder: Bewegungsarm, wie sie lebte, hatte sie sämtliche Kondition und Ausdauer verloren.

Im Stillen schwor sie sich, dringend wieder zu laufen oder Fahrrad zu fahren.

Etwas Sport könnte nicht schaden.

Auch Axel würde das guttun, denn der hing bereits schweißgebadet und ziemlich derangiert auf seinem Platz, so schlimm hatte ihn die Tanzerei mit seiner Pfirsichprinzessin mitgenommen.

Noch ziemlich außer Atem verkündete Esther: »Ab morgen fahren wir mal wieder Rad!«

Ziemlich belustigt über ihr Ansinnen meinte Axel kichernd: »Ich dachte, dein junger Liebhaber hat dich genug durch die

Gegend gewirbelt. Eigentlich müsstest du doch für ein halbes Jahr genug haben! Das eine sag' ich dir: Jammere mir nicht die Ohren voll, wenn du morgen Muskelkater hast.«

Damit lag Axel nicht falsch.

Wenn Esther ehrlich sein wollte, dann fing er schon an. Ihr tat ziemlich alles weh, aber das würde sie niemals eingestehen.

Deshalb hielten sich die beiden den Rest des Abends an ihrem Weinglas fest.

Irgendwann schlenderten sie liebevoll Hand in Hand heim- wärts, der notorische Nichttänzer und die tanzwütige Königin der Nacht.

Es muss nicht immer Opernball sein ...

Mit Sicherheit eine nette Geste, wenn der Chef ab und an seine Angestellten zu einem gemütlichen Beisammensein um sich versammelt.

Wie gesagt: der Chef!

Leider verläuft es nicht mehr ganz so »gemütlich«, wenn auch die Frau des Chefs an der Veranstaltung teilnimmt.

Insbesondere, wenn diese Frau normalerweise nicht mal einen Fuß in die Firma setzt, an solchen Abenden aber die Gesprächsleitung übernehmen zu müssen glaubt.

Auf solch ein Gesülze könnten allerdings alle liebend gern verzichten!

Brüstet sich doch die Gute meistens, wie exklusiv sie bei Professor sowieso behandelt worden ist, oder grad' den ersten Platz beim Golfen belegt hat.

Letztens ließ sie sich in epischer Breite darüber aus, wie ihr Töchterchen auf dem Opernball ihren zukünftigen Mann – den Herrn Assessor – kennengelernt hat.

So schwülstig, wie Madam sich darüber ausließ, hätte man meinen können, Kaiserin Sissi wäre auf Prinzensuche gewesen.

»Nein, diese luxuriösen Abendkleider, die exquisiten Paare und diese voluminöse Ausstattung!«

»Welch ein Anblick! Alles nur vom Feinsten!«

Wenn man da zuhören muss, kringeln sich die Fußnägel nach oben!

Und man muss zuhören und noch dazu lächeln, denn schließlich ist sie ja die Frau vom Chef.

Kein Wunder, dass sich Nora und ihre Kolleginnen inniglich wünschten, dieses »Beisammensein« möge bald ein Ende haben! Meine Güte, sie hatten alle ihre Göttergatten beim Tanzen kennengelernt.

Man kann nämlich auch in einem nicht so exquisiten Rahmen einen Mann fürs Leben finden.
Nora konnte sich ganz genau an jenen denkwürdigen »Tanzabend« erinnern, als das mit ihrem Jonas begann.
Na gut, tanzen konnte man das vielleicht nicht nennen.
Ihr Jonas hatte sie beileibe nicht mit raumgreifenden Schritten, wie beim Opernball, durch die Gegend geschwenkt.
Platz war bei dieser Veranstaltung eher Mangelware.
Auch gab es kein exquisites Büfett mit Austern, Lachs und Kaviar.
Die Freundin einer Freundin hatte alle Freundinnen zu einer schlichten Gartenparty eingeladen.
Kaum saßen alle gemütlich auf diversen Bierzeltbänken, vom Grill duftete es schon vielversprechend herüber, als ein ordentlicher Platzregen loslegte.
Niemand nahm die Gefahr richtig ernst, als es in der Ferne donnerte und grummelte.
Salate und sonstige Leckereien standen bereits einladend auf dem Tisch.
Da wollte jeder erst mal das Essen genießen.
Somit schien die Panik vorprogrammiert, als handtellergroße Tropfen plötzlich in die Bowle klatschten.
Jeder griff irgendetwas vom Tisch und allesamt rannten los, um irgendwo unter Dach und Fach zu kommen.
Nora schnappte sich die Schüssel mit dem Kartoffelsalat, Jonas die Platte mit den Würstchen.
Leicht triefend standen sie unter einer rettenden Überdachung, während sintflutartiger Regen vom Himmel fiel.
Nora hielt schützend ein Stück ihrer Bluse über den Salat und Jonas balancierte die Würstchen ins Trockene.
Der Regen dauerte eine ziemliche Weile an, Hagel gesellte sich

dazu, Blitze zischten mitunter dicht an ihnen vorbei, Sturmböen drohten die Würstchen vom Teller zu pusten. Das Unwetter zog komplett alle Register.

Mit der Zeit empfand Nora die Schüssel als schwer und schwerer, mauserte sich die Köstlichkeit zur Last.

Gottlob entdeckte jemand hinter ihnen eine Türe.

Auf diese Weise landeten sie in einem Geräteschuppen.

Spaten und Harken schob man zur Seite, ein paar Eimer wurden einfach umgedreht, und schon ergab sich mit einfachsten Mitteln eine muntere Runde im Trockenen.

Das Glück wollte es, dass einer von ihnen noch ein Bündel Gabeln in der Hand hielt, die er grade verteilen wollte, bevor das Inferno loslegte.

»Ich habe die Gabeln!«

»Ich habe Hunger!«, verkündete Jonas, und Nora schloss sich der allgemeinen Stimmung an und stellte den Kartoffelsalat in die Mitte.

Folglich kriegte jeder in dieser Eimerrunde eine Gabel in die Hand gedrückt, in die andere Hand je ein Würstchen und gemeinsam wurde aus der Schüssel gegabelt.

Glückseligkeit ist ja bekanntlich relativ.

Aber dieses Gartenschuppendinner ging in die Geschichte ein.

Die gute Stimmung da drinnen lockte natürlich weitere Regenopfer an, die sich munter dazudrängelten. Zudem erweiterte mancher von ihnen erheblich den Speiseplan: Angematschte Brötchen, leicht gewässerter Nudelsalat, eine Pfütze Senf und Ketchup mit Hagelkörnern, – alles wurde gern genommen und verspeist.

Das Tüpfelchen auf dem »i« präsentierte Achim, Jonas Freund mit großem Hallo.

Er hatte sich gleich bei den ersten Tropfen, die vom Himmel fielen, eine Kiste Bier geschnappt, die er nun bereitwillig abstellte. Die Meute in diesem Schuppen kümmerte sich um kein Wetter mehr.

Eine Bombenstimmung herrschte und ganz besonders in dem Moment, als von irgendwoher Musik erklang.

Auf einem kleinen verstaubten Regal stand ein noch mehr verstaubtes Kofferradio, und tatsächlich funktionierte es noch.

Man konnte zwar nur einen einzigen Sender empfangen, aber den deutlich, und so sangen bald alle sonst total verpönte Schnulzen mit: »Ein Bett im Kornfeld … Wenn auf Capri die Sonne im Meer versiiinkt … Griechischer Wein …«, alles durcheinander!

Die Sonne zeigte sich an diesem Tag nicht mehr, deshalb rückte man irgendwann die Eimer zur Seite und tatsächlich fingen einige an zu tanzen.

Jonas forderte Nora auf, um mit ihr auf einem Quadratzentimeter nach dem Lied zu schwofen: »Man müsste Klavier spielen können, dann hätt' man mehr Glück bei den Frauen …«

Eine tänzerische Glanzleistung war das nicht. Sie verharrten eher eng aneinandergeschmiegt auf einer Stelle mit nur zarten Schlenkern nach rechts und links.

Mehr ging an diesem Abend nicht, denn bei beiden hatte es ordentlich gefunkt.

Draußen prasselte Regen und manchmal auch Hagel auf das Dach, und drinnen in den Herzen loderten die Flammen der Liebe.

Ganz tief haben sie einander in die Augen geschaut und den Rest der Welt um sich herum vergessen.

Nachdem das Gewitter sich beruhigte, saßen sie bei sternklarer Nacht draußen auf einer Mauer und verbrachten händchenhaltend und rotweinschlürfend den Rest der Nacht.

Mit Sicherheit würde »Frau Opernball« bei solch einer spartanischen Laubengeschichte ihre vornehme Nase rümpfen und deshalb empfanden es alle als eine Zumutung, dieser Frau zuhören zu müssen!

Peinlicher Auftritt

Unser Körper, den wir täglich als ein selbstverständliches Etwas hinnehmen, ist eigentlich ein wahres Wunderwerk. Denn wie ich neulich in einem Vortrag erfahren durfte, sind es satte fünfzehntausend chemische Prozesse, die sich binnen einer Sekunde in unseren Zellen vollziehen. Mit anderen Worten: Wir sind eine wandelnde Chemiefabrik, in der Stoffe in wieder andere Stoffe umgewandelt werden.

Ungefähr wie bei einer Dampflok: Im Führerhaus kommt ordentlich Kohle in den Ofen, die verwandelt sich in Hitze, die wiederum erwärmt das Wasser, dieses wird zu Dampf und der setzt die Räder in Bewegung.

So betrachtet fehlt uns Menschen eigentlich nur der Schornstein, wo die nicht gebrauchten Gase abgelassen werden können.

Und vielleicht, weil sich eine Dampflok mehr in der frischen Luft bewegt als der Mensch, hat man bei uns den sogenannten Schornstein für die Abgase diskret unter zwei molligen Pobacken versteckt.

Eine gute Lösung, denn schließlich gilt es nicht als schicklich, öffentlich etwas »abzulassen«. Solche Art schlechtes Benehmen kann sich nämlich zu hochbrisanten Folgen auswachsen.

In unserer Familie gab es eine Tante Sibylle, die einzige kinderlose Schwester meines Vaters, und die hatte es dank glücklicher Umstände zu ansehnlichem Vermögen gebracht.

Na ja, so ganz glücklich waren die Umstände auch wieder nicht.

In noch jungen Jahren heiratete sie einen ziemlich betagten Filzpantoffelfabrikanten. Jener verstarb recht bald, worüber die Tante anfangs sehr traurig war, aber dann verkaufte sie die ganzen Pantoffeln samt der Fabrik und widmete sich süßen Nichtstun und den schönen Künsten.

Weil ihr reichlich Geld zur Verfügung stand und sie sich in den Kopf setzte, eine berühmte Sängerin zu werden, nahm sie Gesangstunden bei den größten Sängern ihrer Zeit.

Allerdings wurden diese Maßnahmen von nur mäßigem Erfolg gekrönt, so die Meinung der gesamten Verwandtschaft.

Die Tante selbst schwelgte da ins ganz anderen Dimensionen: Sie sah sich im Geiste irgendwann in der Metropolitan Opera oder in der Mailänder Scala.

Ihr Idol »die Callas«, eine Sängerin von Weltformat, strebte sie als Ziel an. Doch das Einzige, was sie in die Nähe dieser Diva brachte, waren ein paar Äußerlichkeiten, wie etwa das straff nach hinten gekämmte, tiefschwarz gefärbte Haar und vielleicht noch der große, hellrot geschminkte Mund, sonst aber auch gar nichts!

Weil Angebote der Mailänder Scala und selbst die der kleinsten Provinzbühnen ausblieben, suchte sich die Tante selbst ihr Publikum.

Uns!

Alljährlich im Oktober veranstaltete Tante Sibylle ein Herbstkonzert.

Alles, was in unserer Verwandtschaft Beine hatte, wurde eingeladen.

Die Eltern der Nichten und Neffen beschworen ihre Kinder, aufmerksam dem Gesang zu lauschen und bitte anschließend ordentlich zu klatschen.

Denn Tantchens absolut diskreter Anwalt hatte irgendwann durchsickern lassen, dass sich das »Sibyllische Erbe« mal auf diese fröhliche Nachkommenschaft verteilen sollte.

Deshalb wurden meine Cousinen und Cousins, insgesamt sieben, nach allen Regeln der Kunst herausgeputzt.

Ich musste regelmäßig in das blaue Taftkleid klettern, und meine Zöpfe, die man am Ende in eine dicke Locke drehte, versah Mutter sorgfältig mit obligatorischen Samtschleifen.

Mir machte das Spaß, denn eigentlich war Tante Sibylle nett.

Mich mochte sie wohl gern, denn jedes Mal nahm sie mich bei einer solchen Veranstaltung zur Seite, bewunderte meine prächtigen Zöpfe und stellte mir jedes Jahr die gleichen Fragen: ob ich recht brav sei und was ich denn später mal werden wollte.

Ich antwortete stets das Gleiche: Ja ich sei brav und ich hätte meine Eltern recht lieb, und später wollte ich mal Lehrerin werden.

Das gefiel der Tante, und sie schubste mich in die Mitte der Leute, damit ich ein Gedicht aufsagte, was ich jedes Mal fehlerlos vortrug.

Diesbezüglich war mir mein Erbteil sicher!

Denn einfach nur so verteilte sie ihr Erbe nicht! Sie achtete peinlich darauf, ob wir es auch wirklich verdienten.

Das allererste Gebot dazu lautete allerdings, dass wir vollste Bewunderung für ihre Sangeskünste zeigen mussten.

Speziell dazu gab es unter den Neffen Wackelkandidaten.

Dieter und Gerd Wolfgang waren zu diesem Thema schon einmal schrecklich in Ungnade gefallen.

Mitten in einem dieser Herbstkonzerte erlaubten sie sich grobe Albernheiten.

Sie kicherten ausgelassen vor sich hin und schubsten sich schließlich gegenseitig vom Hocker. Mit lautem Getöse landeten sie samt Hocker letztendlich auf der Erde.

Ausgerechnet in dem höchst brisanten Moment, wo Tante Sibylle die oberste Sprosse der Tonleiter erkletterte und sich kraftvoll mit dem hohen C auseinandersetzte.

Das Konzert wurde selbstverständlich unterbrochen, und die Sängerin suchte völlig echauffiert in letzter Sekunde Halt am Klavier. Erst nach Verabreichung diverser kerniger Kräuterschnäpse konnte Madam Sibylle wiederbelebt werden.

Empört entfernte man die Übeltäter, wobei das Publikum andererseits die Pause dankbar begrüßte, um eine Weile durchatmen zu können. Denn selbst für mein kindliches Empfinden klang der Gesang entsetzlich schrill und schmerzte in den Ohren.

Aber nichtsdestotrotz strömten im nächsten Jahr alle wieder »fröhlich« herbei.

Vielleicht auch deshalb, weil es anschließend reichlich delikate Häppchen und leckere Getränke gab?

Zudem blieb, nachdem man die Sangeslust der Tante hinter sich gebracht hatte, reichlich Gelegenheit, sich munter mit sämtlichen Familienmitgliedern auszutauschen.

Mit anderen Worten: Ein höchst gemütlicher Nebeneffekt, auf den man sich stets freute!

Dieses willkommene Ereignis fand eines Tages ein jähes Ende!

Wie gewohnt fand sich die gesamte Familie im sorgfältig dekorierten Salon ein.

Die Tante trillerte und trällerte. Ich glaube, es war Mozarts Königin der Nacht.

Kurzum, sie hangelte sich auf besagter Leiter Ton für Ton höher und höher, allerdings dermaßen schief und schrill, dass ein jeder nur das Ende herbeisehnte, fast auch das der Tante!

Am Schluss der Arie angekommen, verbeugte sich Tante Sibylle in Erwartung frenetischen Beifalls.

Doch irgendwie saß allen die durchlittene Qual des schrecklichen Gesangs noch dermaßen im Nacken, dass niemand klatschte.

Es blieb still, mucksmäuschenstill!

In diese Stille hinein entglitt Cousin Dieter ein satter Pups!

Unmissverständlich ein Pups!

Allen stockte der Atem!

Und weil ihn sein Missgeschick total verwirrte, folgte noch einer und noch einer – insgesamt drei wahre Böllerschüsse.

Die Stille, die danach herrschte, war dermaßen still, dass ich mich kaum im Leben an eine stillere Stille erinnern könnte.

Kurz drauf brauste der Sturm los, zerbrach die gesamte Gesellschaft in zwei deutlich voneinander getrennte Lager. Einige wollten sich ausschütten vor Lachen, doch einige rümpften die Nase und das nicht nur über das peinliche Benehmen, denn zusätzlich verbreitete sich ein Geruch, der so manchen aus dem Zimmer fliehen ließ.

Um es kurz zu machen: Dieter wurde enterbt und Tante Sibylle gab nie wieder ein Konzert!

Wie schade für Dieter und schade für die Tante, denn aus Dieter wurde später ein großer Konzertpianist.

Schlimmes Fieber?

Gestern begegnete ich meiner Freundin Angelika zweimal. Einmal bei der Post und einmal an der Kasse im Supermarkt. Jedes Mal guckte sie völlig geistesabwesend an mir vorbei.

Keiner Schuld bewusst, dass man mich derart gezielt ignorierte, ging ich unsere letzten Begegnungen und Gespräche durch, was ich denn eventuell Verwerfliches getan haben könnte.

Da ich auch zu den Menschen gehöre, die manchmal schneller sprechen als sie denken, kann einem schon mal eine Bemerkung herausrutschen, die man nicht so meinte, schon gar nicht wollte und überhaupt sich nichts dabei gedacht hatte.

Bei aller Liebe, es fiel mir nichts ein!

Nach meinem Ermessen hing also an diesem Freundschaftshimmel keine einzige Wolke.

Als wir uns das dritte Mal trafen, sie kam gerade mit einer großen Brötchentüte aus dem Bäckerladen, rannte sie mich regelrecht um.

Bei unserem Crash zerriss unweigerlich die Tüte und zehn herrlich knusprige Brötchen kullerten über das Pflaster: »Nein«, schrie sie, »auch das noch!«

Ihr Aufschrei, fand ich, klang ein bisschen zu heftig, immerhin handelte es sich nur um etwas Gebäck und nicht um einen Satz Meißner Porzellan.

Flink wie ein Wiesel, bückte ich mich und sammelte die goldbraunen Stücke wieder ein.

Eine Verkäuferin aus dem Bäckerladen eilte, sicher in Anbetracht der überlauten Schreierei, zeitgleich mit einer neuen Tüte herbei.

Mit vereinten Kräften wurde der Schaden schnell behoben.

Aber längst nicht Angelikas Stimmung!

Mit Tränen in den Augen wankte sie in den Laden zurück, lehnte sich an einen der kleinen Stehtische und flüsterte mit letzter Kraft: »Ich bin mit den Nerven am Ende!«

Dies konnte man nur bestätigen, denn wie ich sie mir nun aus der Nähe betrachten konnte, hätte man einiges richten müssen. Ihre Blässe und die dicken Ringe unter den Augen verrieten eine Menge über den desolaten Zustand ihres Nervenkostüms. Das hatte scheinbar gewaltige Risse und Löcher. Zudem hing ein Knopf an ihrer Jacke ziemlich hilflos nur noch »am letzten Faden«.

Solche Nachlässigkeiten kannte man von dieser Freundin nicht!

Also wappnete ich mich, aufs schlimmste gefasst, was sie so aus der Bahn geworfen haben könnte.

Als Erste Hilfe bestellte ich für uns Kaffee und verzieh ihr ab sofort ihr anfänglich merkwürdiges Benehmen.

Anfangs noch völlig wortlos, klammerte sie sich wie eine Ertrinkende an die gereichte Tasse.

»Ich kann nicht mehr«, hauchte sie mit scheinbar letzter Kraft und trank einen ordentlichen Schluck, als wäre sie kurz vor dem Verdursten.

Also es war schon ganz schön spannend und für mich noch nicht klar, in welchem Umfang ich mir Sorgen um sie machen musste. Neugierig, wie der Mensch nun mal ist, lag mir die Frage auf den Lippen: Warum?

Sie erübrigte sich, die Frage!

»Ich will morgen verreisen«, begann sie zu berichten.

Erleichtert atmete ich auf: »Menschenskind, da kannst du dich doch freuen!«

Mit einer Miene, als hätte sie sich zum Schafott verabredet, fuhr sie fort: »Kann ich nicht, ich kann mich überhaupt nicht freuen, am liebsten möchte ich zu Hause bleiben!«

»Bist du verrückt! Jeder normale Mensch freut sich, wenn er verreisen kann, mal rauskommt mal, Tapetenwechsel, den ganzen alltäglichen Stress vergessen«, versuchte ich sie mit Engelszungen sozusagen aus ihrem Loch herauszuholen.

Ohne Erfolg. Sie sackte noch mehr in sich zusammen und verfiel in eine Art klägliches Gejammer.

»Hör mir auf mit Stress vergessen! Genau der Stress ist es, der mich schafft. Ich verfalle in solch einen Zustand totaler Unkonzentriertheit in Anbetracht dessen, verreisen zu müssen, dass ich wie vernagelt im Kreis herumlaufe. Wochenlang weiß ich von diesem Datum.

Aber irgendwie lag es ja immer in weiter Ferne.

Doch heute ist der letzte Tag! Der letzte Tag an dem ich noch dies und das erledigen kann, soll, muss oder es meine, tun zu müssen!

Tausend Dinge fallen mir plötzlich ein, die es noch schnell zu erledigen gilt.

Wie gesagt: Tausend Dinge, und gehetzt wie ein Fuchs auf der Jagd, beginne ich hundert von ihnen, lasse sie wieder fallen und schaffe nix!

In meiner Verzweiflung habe ich eine riesige Liste angelegt. Deshalb bin ich erst einmal zum Einkaufen gegangen. Das war der einzige Programmpunkt, den ich gezielt erledigen konnte, denn unterwegs kann ich ja schlecht hier eben nochmal Wäsche in die Waschmaschine stecken oder Unkraut im Garten zupfen oder mit dem Hund zum Tierarzt gehen oder den Keller oder Schrank oder die Küche aufräumen.

Ich kann nur sagen, in mir brodelt es vor Tatendrang, doch letztendlich falle ich in ein tiefes Meer der Untätigkeit, in dem Bewusstsein, dass ich dies alles in der kurzen Zeit auf keinen Fall schaffen kann.

Zum Schluss bleibt alles liegen. Nicht einmal den Koffer kriege ich gepackt.«

Eine dicke Träne kullerte ihre Wange herab und drohte, in dem von der Milch leicht aufgeschäumten Kaffee zu ertrinken. Um sich wenigstens ein bisschen ihren Zustand zu versüßen, griff sie nach allen Zuckertütchen, die auf dem Tisch herumlagen und schüttete eines nach dem anderen in ihre Tasse.

Tja, hier handelte es sich tatsächlich um einen hoch akuten Anfall von Reisefieber, deshalb dachte ich darüber nach, wie dieser Frau geholfen werden konnte.

Ein Zufall kam mir zu Hilfe. Mein Handy klingelte, und der liebste Mensch an meiner Seite berichtete, er hätte den Grill angeschmissen und ich sollte ein paar Würstchen besorgen.

Freudig nahm ich die Idee auf, kaufte Würstchen, nahm die verheulte Reisetante an die Hand und schleppte sie mitsamt ihren Brötchen ab in unseren Garten.

Der Rest der Familie wurde nachgeordert.

Ein herrlich fröhlicher Grillabend wurde uns allen beschert.

Koffer, Tiere, Wäsche, Blumen und sonstiger Alltagskram purzelte in sich zusammen, und der Rest wurde mit einem guten Gläschen Wein heruntergespült.

Unsere Reisetante wirkte plötzlich völlig entspannt.

Wie nachher freudig aus dem Urlaub berichtet wurde, hat man kurz nach Mitternacht die Koffer gepackt und pünktlich um sieben Uhr am nächsten Morgen den Zug erreicht.

Nächtlicher Besuch

Bekanntermaßen sind es die Kleinigkeiten des Alltags, welche die Summe des Lebens ausmachen.

Allein der Duft der Rose, die eigenhändig gepflanzt wurde oder der Anblick eines Gänseblümchens an einem Frühlingsmorgen, können pure Glückseligkeit entfalten.

Da braucht es kein Haus in Malibu und keinen Rolls-Royce vor der Tür: Die kleinen Dinge sind es, die wahres Lebensglück bescheren.

Aber jedes Ding hat bekanntlich zwei Seiten und meistens auch eine negative Seite.

Genaugenommen sind es stets nur klitzekleine Anlässe, insbesondere wenn der Mensch zum Stier mutiert und sich dazu entschließt, aus der Mücke einen Elefanten zu machen, die ein gewaltiges Loch ins Leben reißen.

Dies kann sogar intakte Ehen an den Rand der Trennung bringen.

Diese Gefahr zieht durch sämtliche Schichten der Gesellschaft.

In diesem Fall ging es um eine ganz normale Ehe, die nach meinem Ermessen glücklich vor sich hin plätscherte.

Es begab sich, dass wir an diesem Abend mal früh ins Bett wollten!

Der liebste Mensch an meiner Seite war schon leicht auf dem Sofa eingenickt, und auch ich hatte schon Nachthemd und warme Puschen an, als es für meine Begriffe zu »nächtlicher Stunde« an der Haustür klingelte.

Kaum vorzustellen, wer da nachts herumgeisterte und dann auch noch bei solch schlechtem Wetter, draußen tobte ein ziemlicher Sturm, begleitet von reichlichem Schneefall.

»Ich bin es«, wimmerte jemand mit tränenerstickter Stimme.

»Wer?«, fragte ich noch bei geschlossener Tür.

»Ich bin's, Gudrun!«

Tatsächlich: Unsere Freundin Gudrun stand draußen, eingemummelt wie der Weihnachtsmann persönlich.

»Darf ich reinkommen? Ich möchte euch nicht stören.«

»Selbstverständlich, komm rein, Du störst nicht!«

Genaugenommen handelte es sich um eine freundliche Lüge, selbstverständlich wäre ich hundertmal lieber in mein Bettchen geschlüpft.

Aber was tut man nicht alles einer guten Freundschaft zuliebe.

Gudrun hielt sich nicht lange mit der Vorrede auf. Sie berichtete sofort klar und knapp über den Grund ihrer nächtlichen Visite. Während sie sich, ohne Hut und Mantel abzulegen, in den nächsten Sessel fallen ließ, verkündete sie: »Alfred und ich lassen uns scheiden, endgültig!«

Dabei schaute sie uns an, als hätte sie eine Handgranate geworfen. Wahrhaftig empfanden wir es wie einen verspäteten Silvesterknaller.

Immerhin gingen die beiden bisher, und das seit wundersamen dreißig Jahren, recht friedlich durchs gemeinsame Leben.

»Besser gesagt, ich lasse mich scheiden«, meinte Gudrun noch einmal, um sich wohl selbst über ihre Ziele klar zu werden. Dabei verschränkte sie energisch die Arme über der Brust und schlug die Beine übereinander, als wollte sie sich in sich selbst verschließen.

Es geschah selten, aber in diesem Moment fiel selbst mir nichts ein, brauchte ich etwas Zeit, um die Neuigkeit zu verdauen.

Apropos Verdauung. Ich schlug erst einmal vor: »Ich mach' uns einen schönen warmen Tee, dann sieht die Welt gleich anders aus!«

»Aber bitte mit viel Rum«, forderte Gudrun lautstark, »mir ist einfach danach, mich mal gründlich zu besaufen!«

Während ich das Wasser für den Tee aufsetzte, versuchte ich vorsichtig, den Anlass ihrer Verzweiflung aus ihr rauszukitzeln.

»Was ist denn eigentlich passiert?«

»Was ist passiert? Ganz einfach, Alfred ist ein Ekel!

Er misst mit zweierlei Maß.

Wenn er den Schlüssel draußen in der Haustür stecken lässt, dann ist das eine Lappalie, wird darüber gelächelt.

Wehe, mir passiert das, dann geht's los: Ich würde die Leute förmlich auffordern, unser Haus auszurauben. Oder er lässt das Licht im Keller an. Kann doch mal passieren, ist alles, was er dazu sagt. Passiert es aber mir, dann gibt es einen ellenlangen Vortrag über Energieverschwendung und schwer verdientes Geld, das erst mal ins Haus reinkommen muss!

Das hält kein Mensch aus und ich schon lange nicht mehr!

Heute nun eine ganz simple Geschichte.

Alfred ging nur eben raus, wollte Holz für den Kamin holen, hat den Schlüssel vergessen und stand draußen vor der Tür.

Ich befand mich hinten in der Küche, hatte das Radio laut an, habe nichts gehört.

Nun behauptet er, ich hätte ihn ganz bewusst draußen vor der Tür stehen lassen, damit er mal ordentlich friert oder so etwas. Hundertmal habe ich ihm erklärt, dass ich nichts gehört habe. Doch er bleibt dabei, ich hätte …!« Kräftiges Schluchzen und Schniefen ließen die Frau völlig zusammenbrechen.

»Aber deshalb lässt man sich doch nicht gleich scheiden!«

»Doch!«, meinte die Heulsuse trotzig und stampfte ordentlich mit dem Fuß auf.

Darüber weitere Diskussionen abzuhalten, blieb uns erspart.

Denn abermals klingelte es an der Haustür. Ich immer noch in Puschen und Nachthemd, genau in der Garderobe, um einen Haufen Gäste zu empfangen.

Es war natürlich besagtes Ekel Alfred! Der liebste Mensch an meiner Seite verkrümelte sich spontan in der Annahme, ich würde das schon meistern, und er hielt sich lieber aus solchen Zwistigkeiten raus.

Typisch Mann!

Was sich dann bot, ähnelte einem kräftigen Schlagabtausch, wobei es ab und an ganz schön zur Sache ging wie: »Wenn du damals nicht die Küche ans äußerste Ende in unserem Haus geplant hättest, wo man nun jeden Einkauf durch die ganze Wohnung schleppen muss, dann hätte ich auch das Klingeln gehört, mein Lieber!«

»Wie bitte? Wer hat denn mit dem feinen Architekten rumgeschleimt, Herr Rademacher hinten, Herr Rademacher …«

»Ich habe mit dem rumgeschleimt? Ich konnte den arroganten Fatzke überhaupt nicht leiden. Ihr habt über meinen Kopf hin geplant!«

Während ich, wie ein stummer Diener, reichlich Rum in den Tee nachschob, konnte ich einem deftigen Dialog über einen gemeinsamen Hausbau, der zwanzig Jahre zurück lag, folgen.

Danach wurden sämtliche Streitpunkte des letzten Türkeiurlaubs durchgewalkt, und anschließend verwurstete man alle Widrigkeiten des Zusammenlebens, wie beispielsweise … an wem Mülleimer, Hunde und Wäsche hängenblieben.

»Und überhaupt hasse ich es, wenn du morgens die Zahnpastatube, ohne den Deckel wieder zuzuschrauben, auf die Glasablage legst und ich das weiße Zeug wegputzen muss!«

»Gut, dann müssen wir uns eben trennen«, waren sich plötzlich beide einig.

»Na, dann meinen herzlichen Glückwunsch! Ich hoffe, ich werde zur Scheidung eingeladen!«

Da erst fiel den beiden auf, dass ich ja bereits, oder noch immer im Nachthemd umhertänzelte.

Aber an dieser Nacht löste eine Hiobsbotschaft die andere ab.

Der liebste Mensch an meiner Seite tauchte plötzlich wieder auf und meinte seelenruhig, doch mal mitzukommen und vor die Haustüre zu gucken.

Da türmten sich gigantische Schneewehen direkt vor unserem Gartentor auf. Die Autos der beiden waren kaum noch als solche zu erkennen.

Dafür gab es nur eine Beschreibung: »Wir sind eingeschneit!«

Hier gab es keinen Zweifel: Die Herrschaften mussten bleiben!

Somit musste die Scheidung noch um ein paar Stunden verschoben werden.

Selbst auch völlig übermüdet, beförderte ich das Paar ins Gästezimmer.

Als Gudrun mit ähnlichen Sperenzchen, wie »mit dem schlafe ich nicht zusammen«, anfing, erörterte ich kurz, dass wir in diesem Haus nur über ein einziges Gästezimmer verfügten.

Ich schloss hinter ihnen die Tür und basta!

Siehe da, meine Kur hatte Erfolg!

Am nächsten Morgen saßen beide wie ein frisch verliebtes Paar am Frühstückstisch! Man konnte in Anbetracht dieses Glücks fast neidisch werden.

Ein Tipp für die Nachwelt: Wenn zwei aneinandergeraten, empfiehlt es sich immer, für keinen Partei zu ergreifen …

Die Nervensäge

Ja. Ja. Ich habe es getan.

Wie ein Panther habe ich gelauert, den rechten Arm höher und höher angelegt, den roten Plastikgriff enger und enger umklammert und dann mit heftigem kurzen Schwung draufgeschlagen.

»Pittttzzz!«

Wie ein Blitz schlug die Klatsche zu und die Überreste eines mehr oder weniger lästigen Flugobjekts kullerten leblos auf die Erde.

Da lag sie nun die gemeine Stubenfliege, die mich in meinem Schreibtischfrieden erheblich störte.

Sie hat es nicht besser gewollt!

Dabei übte ich wirklich eine ziemliche Weile Geduld mit ihr, freundete mich gar mit ihr an.

Denn solange sie friedlich über meine Manuskripte trippelte, sich aufs Radio setzte und sich dort putzte oder elegant auf dem Rand meiner Kaffeetasse balancierte konnte ich sie ertragen.

Bis zu einem gewissen Maß schätzte ich sogar ihre Gesellschaft, bewunderte ihre Fähigkeiten, ihre grazilen Bewegungen und konnte trotzdem in Ruhe weiterarbeiten.

Doch irgendwann fand sie Schreibtischspaziergänge zu langweilig und leere Kaffeetassen brachten ihr weiter keine Faszination, sehnte sie sich nach Abwechslung!

Sie schaute sich kurz um und beschloss nach einer guten Stunde friedlicher Gemeinsamkeit, meinen Körper Zentimeter für Zentimeter zu erforschen.

Vielleicht war sie in einem früheren Leben Orthopäde, denn sie interessierte sich erstaunlicherweise intensiv für meine Fuß- und Kniegelenke.

Nur kann sich kein Mensch der Welt konzentrieren, wenn dauernd jemand mit kleinen Trippelschritten diese Stellen akribisch umkreist.

Immer und immer wieder habe ich meine Hände von der Tastatur genommen, um sie wegzuscheuchen.

Hin und wieder versuchte ich sie einzufangen.

Natürlich absolut vergeblich! Sie reagierte stets schneller, weitaus geschickter und hat sich immer vortrefflich in Sicherheit gebracht.

Kein Wunder, denn das Reaktionsvermögen dieser kleinen Insekten funktioniert zweihundertvierzigmal schneller als das der Menschen.

Um mir zu zeigen, wie egal ihr meine Rumfuchtelei sei, flog sie keck auf den Computerbildschirm und lief frech einmal quer über mein Geschreibsel.

Ich will hier nichts behaupten, aber ich hatte das Gefühl, sie macht sich lustig über mich.

Nun denn, damit konnte ich leben.

Stundenlang veranstaltete sie kleine Wettrennen und Rundläufe auf dem Bildschirm oder verharrte in der oberen rechten Ecke, um sich nach allen Regeln der Fliegenkunst zu putzen.

Prima hätten wir so nebeneinander leben können.

Plötzlich aber wurde sie übermütig, verließ sie die obere rechte Ecke und begann unaufhörlich wahre Sturzflüge auf meine Hände, Arme und immer und immer wieder auch auf meine Brille.

Wie soll ein Mensch da ruhig arbeiten.

Jegliche Abwehrversuche fruchteten nichts.

Schließlich erhob ich mich zu allem entschlossen von meinem Sitz, holte die Fliegenklatsche vom Haken und legte sie demonstrativ auf den Tisch.

Meiner Ansicht nach eine deutliche Drohung, die ihr alle Chancen einräumte, sich endlich zu verziehen.

Tatsächlich!

Sie ließ mich in Ruhe.

Da sollte mir noch einer sagen, Fliegen seien dumm.

Diese war rattenschlau.

Erleichtert atmete ich auf. Vor allem genoss ich endlich die Ruhe, denn die ständige Krabbelei machte schrecklich nervös.

Diese Freude dauerte jedoch nicht lange, denn schon ging die Kitzelei von vorne los.

Sie trieb es immer schneller, immer nerviger.

Meine Emotionen steigerten sich gipfelten in unkontrollierter Wut, weil dieses kleine Biest kribbelte, krabbelte, ja einmal hat es sogar gepiekt.

Irgendwann reichte es mir, ich griff zu und schritt unweigerlich zur Tat.

»Pittttzzzzz!«

Da lag sie nun, die kleine Ballerina vom Kaffeetassenrand, sie lag da und trippelte nicht mehr!

Wie konnte es nur so weit kommen?

Doch ehe ich vor Reue und Bedauern zerfließen konnte, liefen bereits zwei völlig neue Exemplare dieser Gattung über den Bildschirm hin und her, griffen mich sogar an – eine von rechts eine von links.

Kein Wunder, gemäß einer alten Weisheit ist das völlig normal.

Wenn du eine erschlägst, erscheinen zwei zur Beerdigung.

Doch in solcher Gesellschaft kann kein Mensch arbeiten, deshalb flüchtete ich in den Garten und genoss einfach den Tag.

Freie Fahrt ...

Genaugenommen ist der Mensch ein sehr genügsames Wesen. Sommerglückseligkeit bedeutet für manchen schon, einfach draußen im Garten zu sitzen, zu träumen oder hier und da ein bisschen zwischen den Blumen zu buddeln.

Auch nachts in eine Decke gekuschelt, ein Glas Rotwein in der Hand, reicht, um stundenlang zu den Sternen aufzuschauen, davon kann ich beispielsweise nicht genug bekommen.

Fragen über Fragen werden da wach, zu denen wohl niemand eine erschöpfende Antwort weiß.

»Wo kommen wir her, wo gehen wir hin?«

Leise kleine Schauer rieseln einem über den Rücken, bei der Vorstellung, dass eigentlich gleich über den Bäumen die Unendlichkeit beginnt.

Zwar sprechen wir davon, dass wir zu den Sternen hinaufschauen, aber vielleicht schauen wir gerade zu ihnen hinunter. Je mehr ich mich in den Anblick des Himmels vertiefe und die Sternenpracht auf mich wirken lasse, umso kleiner, winziger und unbedeutender komme ich mir vor.

Vor lauter Angst, in diesem Moment im Universum verlorenzugehen, umklammere ich mein Glas und genehmige mir einen ordentlichen Schluck.

Antworten finden sich nämlich meistens keine.

Auf der Suche nach Geborgenheit krabbelt man noch tiefer in die Decke, denn von solch einer Nacht mit ihrer Anmut und Stille kann niemand so schnell genug kriegen.

Mit anderen Worten, ich gehöre zu den Menschen, die sich selbst genug sind und bleibe am liebsten zu Hause in meinem herrlichen Garten.

Ganz anders verhält es sich da mit Freundin Rosa.

Diese Frau trägt ihren Namen zu Recht, denn wie ein rosa Schmetterling lässt sie sich als Herrscherin über einen randvollen Kalender mit Terminen für Kaffeekränzchen, Partys und sonstigen Belustigungen durchs Leben treiben.

Sie per Telefon zu erreichen, ein Unding, eher hat man den Papst an der Strippe.

Und sollte es der Zufall wollen, dass sie an dich denkt und anruft, dann ist Schluss mit jeglicher Beschaulichkeit, dann schwirrt Leben in die Bude, frisst sie dich mit Haut und Haar.

Kurz – sie verkörpert pure Lebensfreude.

Ein verrücktes Luder, das man nur gern haben kann!

Wie gesagt, mitten in der Woche, am Dienstag glaube ich war es, etwa gegen halb neun rief sie an.

»Hallo, meine Liebe, wie geht es«, fragte sie.

Ich antwortete: »Gut!«

Nach einigem Geplänkel über die Börsenkurse, das Wetter und die allgemeine politische Lage, kam sie auf den Punkt!

»Sag mal, hättest Du nicht Lust mitzukommen. Ich habe mir ein neues Cabrio geleistet und würde mein schickes Auto gern mal ausprobieren. So ein kleiner Trip bis nach Bern, da wohnt meine Schwester, wie wäre es damit?«

Ich holte tief Luft: »Was? So weit!«

Unbegreiflich diese Frau mit ihrer übergroßen Reiselust. Hätte Hannibal sie eines Tages gebeten mit über die Alpen zu reiten, wäre sie glatt vom Frühstückstisch aufgestanden und hätte sich auf einen der Elefanten gesetzt.

Bei mir war sie mit solch abenteuerlichen Aktionen an der absolut falschen Adresse.

Denn ich schätzte es wenig, an einem Tag fünfhundert Kilometer hin und her zu rasen und dann noch permanent meine empfindlichen Ohren dem Fahrtwind auszusetzen.

Eigens für diesen Zweck schaffte ich mal eine total eng anliegende Fliegermütze an, ähnlich wie Max der Bruchpilot.

Empfinde ich es doch nicht gerade als Wonne, wenn einem der Fahrtwind die Haare zerrupft und der Pony senkrecht nach oben stehen bleibt.

Andererseits liegen dann die Haare aber völlig zermatscht wieder platt am Kopf, wenn man die Mütze absetzt.

Auch kein erhebender Anblick, um Eindruck zu schinden.

Wie auch immer, die Aussicht, Hunderte von Kilometern auf der Autobahn mit so viel Wind rundherum fand ich nicht erstrebenswert.

Deshalb arbeiteten meine Gehirnzellen fieberhaft daran, eine Ausrede zu finden.

Außer der Wahrheit fiel mir nichts ein: »Liebe Rosa, ich nicht! Aber unsere gemeinsame Freundin Gabi, die liegt sowieso seit Tagen in tiefen Depressionen, weil ihr Dieter wieder mal seiner Sekretärin einen größeren Rosenstrauß als ihr zum Geburtstag geschenkt hat. Sie fährt bestimmt mit. Ruf einfach bei ihr an!«

Rosa tat, wie ich sagte, und Gabi stieg spontan ins schicke Cabrio, allein schon um ihren Dieter zu ärgern.

Ehrlich gesagt, solch plötzlicher Aufbruch war nicht mein Ding. Gabi raffte in Sekundenschnelle ein paar Sachen zusammen, fix die Handtasche unter den Arm geklemmt, schon ging's los.

Ich winkte erleichtert hinterher.

Tja, die ersten zweihundert Kilometer sollen berauschend gewesen sein, schwärmten beide hinterher: »… Das herrliche Wetter, das phantastische Auto mit seiner allerneuesten Technik!«

Nur ein Knopfdruck und das Verdeck klappte runter und faltete sich automatisch in einem hinten gelegenen Kasten zusammen, ebenso automatisch wurde es auch wieder geschlossen. Lediglich oberhalb der Windschutzscheibe musste noch ein Riegel umgelegt werden!

Eine hochelegante Sache.

Bei Rosas altem Cabrio musste man noch richtig Hand anlegen. Das gesamte Verdeck musste man unter großer Kraftanstrengung abmontieren und anschließend per Hand mühsam in einer engen, kniffeligen Rinne verstauen. Eine leidige Angelegenheit insbesondere bei spontanem Wetterumschwung. Vielleicht deshalb auch meine Ablehnung dem Cabrio gegenüber.

Da gab es nämlich schmerzliche Erinnerungen an einen gemeinsamen Ausflug.

Rosa und ich aufgemotzt mit hübschen Sommerkleidchen wie zwei Sonntagskinder, waren zu einem Freiluftkaffee aufs Land aufgebrochen.

Anfangs fand ich Cabrio fahren noch chic und elegant. Lässig lehnte ich mich in die weichen roten Lederpolster zurück und hielt den Arm ebenso lässig auf der Fensterkante. Warmer Sonnenschein kitzelte meine Nase, und der sommerlich laue Fahrtwind umsäuselte zart meine Haare. Wir fühlten uns beide sehr wohl und genossen die bewundernden Blicke, als wir zwei hübsch, schlank und jung dem flotten Gefährt entstiegen.

Und da noch jung und schlank, genehmigte ich mir einen sogenannten Windbeutel mit ordentlich Sahne, dazu ein Kännchen Kaffee, also einen richtigen Kaffeegarten-Sommernachmittagsgenuss.

Der Blick nach Osten, weit über das Land in diesem Lokal war neben dem herrlichen Kuchen eine wirklich lohnende Angelegenheit.

Nur entging uns vor lauter Begeisterung, wie von Westen, also hinter uns, dicke Wolken aufzogen. Eh wir uns versahen, fielen erste handtellergroße Tropfen mitten in meinen Sahnetuff hinein. Da wir einen kleinen Moment zu lange zögerten, diese Köstlichkeiten einfach stehen zu lassen, erreichten wir kostbare Sekunden zu spät das treue Gefährt.

Bis wir es schafften, die Stangen vom Verdeck auseinanderzupulen, liefen bereits dicke Bäche die Sitze hinab.

Als es uns endlich gelang, das Dach mit mehreren Metallknöpfen zu sichern, tropfte uns schon das Wasser literweise aus den Haaren.

Die leichten Flatterkleidchen hatten das flattern aufgeben, klebten wie eine Pelle am Körper.

Nicht genug, dass wir wie gebadete Katzen heimwärts fuhren, flog uns das Verdeck während der Fahrt beinahe um die Ohren.

Scheinbar waren einige von den Metallknöpfen in der Eile nicht fest genug eingerastet.

Das hieß, bei sintflutartigem Regen noch einmal neu montieren, dazu fehlte uns die Kraft.

Also setzten wir die Fahrt mit offenem Verdeck fort und retteten uns unter eine Brücke, bis das Unwetter sich beruhigte.

Eine kalte, nasse Angelegenheit!

Mein Bedarf an Cabriofahrten blieb somit für alle Zeiten gedeckt.

Mit solchen technischen Kapriolen brauchten sich die beiden nicht herumzuschlagen.

Wie Gabi mir berichtete, huschte man wie in einer Sänfte über die Autobahn.

Und?!

War das Wetter schön: »Knopfdruck« – Verdeck auf!

Zeigten sich Wolken am Himmel: »Knopfdruck« – Verdeck zu!

Vor allem versicherte mir Gabi, sei es überhaupt kein bisschen windig gewesen.

Wie gesagt nach zweihundert Kilometern herrlichster Fahrt gönnten sich die beiden Reisetanten an einer Raststätte Kaffee und Kuchen.

Als Rosa für beide bezahlen wollte, griff sie in die Tasche nach ihrem Portemonnaie: Ihre Hand blieb leer!

Alles, was sie hervorzauberte, waren unnütze Utensilien, die sie im Augenblick nicht benötigte. Eine Haarspange, zwei Bonbons und die Visitenkarte von irgendjemand. Nun braucht man bekanntlich in vielen Damenhandtaschen einen Kompass, doch der hätte hier auch nichts genützt.

Nachdem Rosa viermal ohne Erfolg die Tasche umgekrempelt, sowohl unter, als auch neben ihrem Stuhl gesucht hatte, fand sich nix.

Rosa hätte schwören können, dass sie die Geldbörse, eben, weil sie ja zahlen wollte, die ganze Zeit schon in der Hand gehalten hätte.

Sie spürte förmlich das weiche zarte Leder wischen den Fingern.

»Ich hatte es doch eben noch in der Hand!«

Sprach sie immer wieder, als hätte sie eine Schallplatte verschluckt.

Ihre Verzweiflung machte sich derart breit und steckte ihre Umgebung an, dass selbst wildfremde Leute an den Tischen rundherum sich veranlasst fühlten zu helfen.

Alle bückten sich, schauten mehrfach unter sämtliche Stühle und Bänke, doch außer einer Serviette und ein paar runtergefallenen Pommes fand sich nichts.

Gabi bezahlte, und sie begaben sich auf die Toilette, denn die hatten sie vorher aufgesucht.

In der Hoffnung, sie könnte den Geldbeutel versehentlich abgelegt haben, schauten sie in sämtliche Papierkörbe, Handtuchhalter und Schüsseln.

Natürlich erfolglos!

»Aber im Auto hab' ich es noch in meiner Tasche gesehen, das weiß ich hundertprozentig«, heizte Rosa erneut die weitere Suchaktion an.

Also wurde im Auto jeder Winkel ausgeleuchtet und durchforstet. Selbst die Matten wurden hoch genommen.

Rosas Verzweiflung steigerte sich mehr und mehr!

Um sicherzugehen suchten sie den gesamten Parkplatz rundherum ab.

Anschließend noch einmal unter, neben und im Auto. Die Sitze wurden vor und zurück, auf und ab geklappt: Es fand sich nichts!

Von da an überfiel Rosa blanke Panik.

Denn in ihrem Portemonnaie befanden sich, wie üblich, sämtliche Papiere, wie Ausweis, Scheckkarten und was man noch so hat.

Somit begann der bürokratische Teil.

Per Handy wurden alle Möglichkeiten erforscht, um zu verhindern, dass der eventuelle Finder sämtliche Konten leer räumt.

Die Konten wurden gesperrt.

Die Geschichte nahm viel Zeit in Anspruch, denn Rosa absolvierte zig Telefonate.

Alle Träume von fröhlichem Herumflitzen fielen in sich zusammen.

Deshalb beschloss man, den Ausflug abzubrechen.

Mit geschlossenem Verdeck und tief in der Nacht kehrten die beiden heim.

Als Rosa ihr Wohnzimmer betrat, erwartete sie eine große Überraschung: Das begehrte Portemonnaie lag friedlich auf dem Tisch. Sie hatte es vergessen einzustecken!

Wie heißt es so schön: Eile mit Weile!

Chorprobe mit Hindernissen

In einem Chor, der schon viele Jahre zusammen singt, ist man aufeinander angewiesen.

Alle Stimmen sind präzise eingeteilt.

Wenn dieser Cor auch noch auf einer Insel wohnt, vom Meer umfangen, zwei Stunden Schiffsreise vom Festland entfernt, da wird es gefährlich, wenn eine Stimme ausfällt. Schließlich hat man nur ein begrenztes Umfeld, nach einer neuen zu suchen.

Deshalb herrschte an diesem Abend eine ziemlich gedämpfte Stimmung.

Niemand wusste, aus welchem Grund Tim Tuneborg nicht zur Übungsstunde erschienen war.

Tim ein Ausbund an Pünktlichkeit, an Sorgfalt und Genauigkeit und eigentlich einer von den wenigen, die sich ganz für diesen Chor aufopferten.

Normalerweise wäre sein Fehlen keine besondere Aktion, aber ein wichtiges Konzert auf dem Festland stand bevor, und da musste noch ordentlich geprobt werden.

Tim, war nicht der Einzige, der fehlte. Hannes Melberg und Malte Stenberg standen auch noch auf der Vermisstenliste.

Ärgerlich, denn insgesamt drei Proben standen auf dem Plan, nicht gerade eine üppige Vorbereitungszeit.

Na ja und wie das so ist, die Warterei machte alle nervös und schon wurde munter drauflosgemeckert, denn keiner von ihnen hatte Zeit zu verschenken.

Über Tim wurde gesabbelt, er sei ja auch der Hansdampf in allen

Gassen, und was den Hannes angeht, trinkt der schon mal einen zu viel. Vielleicht hat er sich mal wieder die Kante gegeben. Malte sang zwar den tiefsten Bass und war unentbehrlich, aber im wahren Leben ging bei ihm nicht alles glatt, ihm tanzten seine vielen Weiber in schöner Regelmäßigkeit auf dem Kopf herum.

»Vielleicht hat der mal wieder Dampf in der Hütte«, meinte Ole Jensen, und obwohl er fast darüber lachen musste, meckerte er ziemlich erbost weiter: »Kann immer mal sein, dass die Mäuse auf dem Tisch tanzen, aber wenn wir so wichtige Proben haben, dann steht das hintenan, gibt's keine Entschuldigung außer tot, da gehen wir auch gern auf die Beerdigung. Aber Proben sind Proben, und da hat jeder pünktlich hier zu sein und basta!« Zur lautstarken Bekräftigung seiner Worte haute er auch nochmal ordentlich mit der Faust auf den Tisch.

Die ganze Männerschar nickte zustimmend, und mancher strich sich bedächtig über den Bart.

Nils Nilsen, der Chorleiter, zeigte sich absolut ratlos, denn um den Chor mit allen Feinheiten zu trainieren, brauchte er diese Zeit, denn immerhin wollten sie sich beim Konzert nicht blamieren.

Um ein bisschen Ruhe in die Gruppe zu bringen, klopfte er mit dem Taktstock ans Pult: »Männer, wir müssen überlegen, wie wir das Beste für heute Abend rausholen können. Das Konzert ist in …«

Plötzlich sprang die Tür auf, denn das kam an diesem Abend noch dazu: Es herrschte ein ziemlicher Schneesturm, alle hatten sich mit großer Mühe durch das Unwetter gekämpft.

Malte, der Bass, stand in der Tür. Malte, galt als wandelndes Tageblatt, er verfügte stets über alle neuen Nachrichten.

Deshalb wunderte sich niemand, als er wie wild hereinplatzte und aufgeregt schrie: »Leute, es ist was Schreckliches passiert! Tim ist tot!«

Wie eine Bombe schlug diese Nachricht ein.

Wie gelähmt stand die gesamte Männerschar, und Ole Jensen schlug sich verzweifelt an den Kopf. Ausgerechnet hatte er noch diesen Spruch geklopft: »außer tot!«

Als sich die Spannung ein klein wenig gelöst hatte, fragte Nils ganz vorsichtig nach: »Was ist denn passiert?«

Malte zuckte mit den Schultern: »So genau weiß ich nichts, jedenfalls stand der Krankenwagen und Notarzt mit Blaulicht vor der Tür. Ordentlich geblinkert haben die. Dann haben sie gesagt, da geht nichts mehr zu machen, er ist tot! Haben ihn schon weggefahren! Ich kann es noch gar nicht fassen.«

Malte ließ sich mit seinen schneebedeckten Sachen einfach auf den nächsten Stuhl fallen und heulte los.

Niemand konnte diese Nachricht fassen, und manche Träne kullerte da in die Bärte.

Unfassbar, dass dieser lebensfrohe und begabte Mensch, denn Tim war wie der Leuchtturm in diesem Chor, nicht mehr unter ihnen weilte.

Seine Stimmgewalt war einfach tonangebend! Ihm konnten alle folgen. Besonders aber die, die den Ton manchmal nicht ganz halten konnten.

Niemand im Chor war auch nur annähernd stimmgewaltig wie Tim.

Niemand so tonsicher wie er.

Ganz still im tiefsten Herzen waren sich alle sofort klar darüber, dass dieser kleine Chor ohne Tim jämmerlich scheitern würde.

Denn Omo, der oft hochprozentigen Gelüsten nachkam, klang manchmal wie eine alte Krähe, Uwe säuselte schon mal in einer ganz anderen Oktave. Jan lag immer einen halben Ton höher.

Ohne Zweifel: Dieser Chor war ohne Tim dem Untergang geweiht.

Dieses Konzert konnte auf keinen Fall mehr stattfinden.

Jedes Üben unmöglich!

Bei dieser Nachricht war allen von vornherein jedes Lied in der Kehle stecken geblieben.

Die Betroffenheit lähmte die Jungs derart, dass niemand an Gesang auch nur denken konnte.

In kleinen Grüppchen saß man zusammen und diskutierte leise über die schrecklichen Tatsachen des Abends.

»So schnell kann es gehen und dann so ein Mannsbild, was vor Gesundheit strotzte!«

»Na«, meinte einer der Männer, »neulich hat er mal ganz schön über Schmerzen geklagt!«

»Was für Schmerzen?«

»Ich glaube, Magenschmerzen!«

»Na, du Dösbaddel, nach so viel Eisbein mit Sauerkraut kann man die schon mal kriegen. Ich hatte da auch viel zu viel gegessen!«

Doch trotz allem Durcheinander erinnerte man sich an die Regularien, die man in solch einem Fall einhalten musste.

Außerdem kam man sich doppelt hilflos vor, weil sich etwas ereignet hatte, das nicht zu beeinflussen war.

Deshalb war es gut, wenigstens etwas in Angriff zu nehmen.

»Herrschaften«, Nils klopfte an sein Pult.

»Wenn wir nun schon hier zusammen sind, sollten wir doch gemeinsam unserem Freund ein stilles Gedenken einräumen!«

Mit bleierner Schwere, denn allen war der Schock ordentlich in die Glieder gefahren, erhob man sich von den Plätzen. Stark getroffen in den Herzen senkte man den Kopf, und einige falteten auch die Hände, wohl für ein stilles Gebet.

Eine tiefe Stille breitete sich im Raum aus, so still war es, dass man sogar das leise Rauschen der Heizung hörte und hier und da ein bisschen das Knacken der Dielen.

Mitten in diese Andacht hinein, ging plötzlich abermals die Tür auf, der Sturm draußen hatte sich scheinbar zum Orkan verstärkt, denn eine große Wolke Schneeflocken wehte in den Raum.

Kein anderer als Hannes stürmte herein! Seine Brillengläser waren stark beschlagen von der Kälte draußen, deshalb konnte er nichts sehen.

Laut polternd klopfte er den Schnee von seinen Schuhen, denn draußen lag der Schnee inzwischen kniehoch.

»Ich soll den Tim entschuldigen, der kann heute nicht kommen, die müssen sich um die Beerdigung kümmern.«

Umständlich nahm er die Brille von der Nase, um sie zu putzen.

Er hatte die volle Aufmerksamkeit aller Anwesenden, und sicherlich galt ihm auch alle Empörung über diese Geschmacklosigkeit.

Nachdem er mit der Putzerei fertig war, setzte er die Brille wieder auf und schaute erstaunt in die Runde.

Erst jetzt fiel ihm die Stille der sonst laut fröhlichen Runde auf.

»Was ist denn mit euch los?«

»Nun, wir wissen, warum Tim nicht kommen kann. Deine Scherze sind einfach geschmacklos!«

»Wieso?«

»Sag mal, hast du sie noch alle, so spricht man doch nicht über einen Toten?«

Hans schnappte nach Luft. »Seid ihr verrückt? Wie kommt ihr denn da drauf? Unser Tim ist doch nicht toooot! Er lebt! Sein Onkel, der olle Tunborg, der Bruder vom Vadder iss dod. Der heißt auch Tim!«

Diesen großen »Rums«, den es da getan hat, den muss man bis aufs Festland gehört haben und hat die Insel sicher zehn Zentimeter nach rechts gerückt, denn vierunddreißig mittelalterlichen Sängerknaben fiel ein riesiger Felsblock vom Herzen.

Jubelnd sprangen alle durcheinander, als hätten sie geschlossen im Lotto gewonnen.

So kann man auch mit kleinen Sachen einsamen Insulanern im Winter eine Freude machen.

König Kunde?

Wenn sich draußen im Frühling die Natur erneuert, kribbelt es schon mal in allen Zellen, solchen Erneuerungsprozess auch auf sich selbst zu übertragen.

Als ich an mir runterschaute, hielt ich das, in puncto Abtragung diverser Speckröllchen und mühsamer »Entfaltung« der Haut, für schier aussichtslos.

Deshalb entschied ich mich nach dem Motto »Kleider machen Leute!« für eine modische Variante.

Denn mit geschickten Schnitten und leicht flatternden Stoffen ließ sich manches kaschieren.

Mit solchen Argumenten ausgestattet betrat ich hoffnungsfroh eine kleine, schicke Boutique.

Entzückende Sachen gab es, ein kariertes Blüschen fiel mir gleich ins Auge.

Doch als ich näher hinschaute, musste ich feststellen, dass es sich um eine klitzekleine Größe handelte, die für mich allenfalls als Lätzchen hätte dienen können.

Während ich noch meine Enttäuschung versuchte zu verarbeiten, kletterte plötzlich ein spargelähnliches Gebilde aus irgendeiner imaginären Ecke des Ladens hervor.

Ihre gesamte Ausstrahlung fußte auf bodenloser Arroganz. Während sie betont lässig auf mich zusteuerte, taxierte sie mich mit süffisantem Blick als hoffnungsloses Dickerchen von oben bis unten ab.

(Ich bestehe darauf: Das Lächeln war gemein, abschätzend, hochmütig!)

In einem Ton, der keinerlei Bedauern in sich trug, meinte sie:

»Es tut mir leid, gnädige Frau, aber bedauerlicherweise werden Sie hier bei uns nichts in Ihrer Größe finden!«

Nichts tat der leid!

Ich schnappte innerlich nach Luft, hielt an mich, um Haltung zu bewahren.

Was sollte ich mit dieser Hungerharke machen?

Teeren, federn, strecken?

Nichts!

Ich schaute ihr fest und geradewegs in ihre kalten graublauen Augen und meinte meinerseits seelenruhig: »Wie schade, ich wollte meiner Tochter ein paar von diesen überaus entzücken-den Teilen zum Geburtstag schenken. Nun, da wird dann heute nichts draus!«

Ziemlich energisch drückte ich ihr das »Lätzchenblüschen« samt Bügel in die Hand, drehte mich auf dem Absatz um und verließ hocherhobenen Hauptes das Geschäft.

Derart gezeichnet, reichte mir das Thema Modeszene.

Allein ein Cappuccino mit ordentlich Sahne obendrauf nebenan in einem kleinen Kaffee half mir, die Scherben meines Selbst-bewusstseins wieder zusammenzukratzen.

Selbstverständlich genehmigte ich mir dazu ein klitzekleines Stück Schwarzwälder Kirschtorte.

Nur gut, denn nach einer halben Stunde fühlte ich mich wie-der stark, fasste allen Mut zusammen und wagte es, mich in die Konfektionsabteilung eines Kaufhauses zu begeben.

Wenn ich nun schon mal in der Stadt weilte, wollte ich doch wenigstens irgendetwas mit nach Hause bringen.

Bei der Fahrt mit der Rolltreppe schwindelte mir vor Glück: Kleidung in allen Größen, so weit das Auge reichte!

Mein Herz hüpfte: Hier würde ich mit Sicherheit die tollsten Sachen finden.

Doch eben diese Auswahl, welche mich anfangs beglückte, er-drückte mich schon bald. Euphorisch geladen gefielen mir gleichzeitig fünf Blusen, drei Röcke und zwei Kleider.

Alles konnte ich mir nicht leisten, deshalb wollte ich die Sachen anprobieren und mich danach entscheiden.

Bepackt wie ein Esel steuerte ich auf die Umkleidekabinen zu.

Dort angekommen baute sich eine Verkäuferin energisch vor mir auf, breitete schützend die Arme vor den Kabinen aus und meinte in barschem Ton: »Nur drei Teile!«

Für meine Begriffe nicht gerade eine einladende Haltung kaufwilligen Kunden gegenüber.

»Aber«, setzte ich an, wollte nur kurz meine Kaufabsicht gekoppelt mit meiner Unentschlossenheit schildern.

Dazu ließ sie es nicht kommen, auch mein flehender Blick interessierte sie nicht.

Monoton wiederholte sie, »drei Teile«, darin erschöpfte sich scheinbar ihr gesamtes Sprachvermögen.

Ohne weitere Erklärung drückte sie mir ein Plastikschild mit einer großen Drei in die Hand, sortierte kommentarlos drei Kleidungsstücke aus und beförderte den Rest auf eine benachbarte Garderobenstange.

Dann schaute sie mir stracks und ungerührt in die Augen. Selbst dieser Blick signalisierte stur »… nur drei!«.

Da war kein Lächeln, nicht der kleinste Wimpernklick für eine Wende.

Schauer der Fassungslosigkeit liefen mir über den Rücken. Mich überkam ein Hauch ähnlich wie Kleiderkammer … Frauengefängnis.

Auf dem Weg zur Kabine schüttelte es mich.

Hieß es da nicht irgendwo: »Der Kunde ist König?«

Das schien vorbei, denn ich fühlte mich eher wie Bettelmann oder -frau.

Vor vielen Jahren war ich das letzte Mal in diesem Kaufhaus, damals brauchte mein Vater einen Anzug.

Als wir in der Herrenabteilung erschienen, tänzelte ein piekfeiner Verkäufer bis aufs Stäubchen gestriegelt und gebügelt auf uns zu.

Nach einer herzlichen Begrüßung erkundigte er sich nach unseren Wünschen, alsbald zückte er ein Maßband, um Vaters Schultern, Hosenbund und Armlänge zu messen.

Wie ein aufgescheuchter Schmetterling flatterte er um meinen

Vater herum und präsentierte alsbald mit eleganter Handbewegung ein riesiges Sortiment Anzüge. Zur besseren Demonstration der Farben hielt er jedes einzelne Exemplar ins Tageslicht, dabei zupfte er hier am Kragen oder dort am Hosenbein etwas zurecht.

Vater konnte anprobieren so viel er wollte und wurde trotzdem in jeglicher Hinsicht in absoluter Höflich- und Freundlichkeit beraten.

Dabei konnte man meinen Vater nicht so schnell zufriedenstellen, die Arme durften nicht zu lang, nicht zu kurz sein.

Auch im Schritt liebte er es etwas weiter und bequem! Die Stoffe sollten hohen Qualitätsansprüchen genügen, im Sommer kühlen, im Winter wärmen, aber auch wieder luftdurchlässig sein, damit man nicht transpirierte.

Diese Modalitäten gebündelt in einem einzigen Anzug zu vereinen, erforderte mit Sicherheit die hohe Kunst der Konfektion.

Der Verkäufer erklärte Stoffe, ihre Zusammensetzung, erklärte Sitz und Fritz, redete sich förmlich den Mund fusselig.

Stunden später, wenn wir das Geschäft mit einem tollen Exemplar verließen, machte der Verkäufer bestimmt zehn Kreuze.

Aber bis zur letzten Minute ließ er sich davon nichts anmerken. Im Gegenteil: Völlig ohne Spuren von Erschöpfung schickte er uns noch aalglatt alle guten Wünsche mit auf den Weg.

Tja, da behandelte man den Kunden noch als König.

Wehmütig dachte ich an diese Zeit zurück.

In dieser düsteren Kabine mit den drei mageren Teilchen verging mir jegliche Lust, überhaupt etwas zu kaufen. Völlig entmutigt probierte ich die ausgesuchten Teile an.

Schrecklich sah ich darin aus, kein Sitz, die Farbe stand mir nicht, und wenn mich nicht alles täuschte, wirkte man in dem Spiegel speziell um die Hüften noch dicker als in Wirklichkeit. Unter solchen Umständen konnte ich nichts kaufen.

Dazu im Hintergrund das ständige Gebrüll von dieser Tante: »nur drei Teile«, was sich jeder Kunde am Eingang anhören musste.

Meine Nerven lagen blank!

Die anderen Blusen anzufordern, wagte ich keinesfalls, denn vor diesem Dragoner wollte ich nicht ausgerechnet auch noch halbnackt herumhüpfen.

Nichts habe ich gekauft!

Eher verspürte ich einen inneren Drang, nach dem Geschäftsführer zu rufen, um ihn auf die tödlichen Verkaufsstrategien seines Personals hinzuweisen.

Trotzdem blieb ich dieser Hüterin aller Umkleidekabinen mehr als wohl gesonnen.

Denn zu Hause angekommen fand ich in meinem übervollen Kleiderschrank die herrlichsten Sachen.

Dank diesem »Kabinendragoner« hatte ich eine Menge Geld gespart!

Frobes Fest!

Gemütlicher kann es kaum sein: Das Kaminfeuer prasselt leise, der Glühwein verströmt wohlige Düfte durch den Raum und rundherum Menschen, dicht zusammengerückt, um solch winterlichen Zauber gemeinsam am Silvesterabend zu genießen.
Solch ein Szenarium lädt ja förmlich dazu ein, Geschichten zu erzählen.
Und prompt ging es los: »Ich muss euch mal was erzählen, was ich gerade erlebt habe«, meinte Tanja. Sie verdient sich während des Studiums ein bisschen Geld in der Gastronomie.
»Das Edelbistro, in dem ich arbeite, hatte an sämtlichen Feiertagen geöffnet, und an mir blieb ausgerechnet der Dienst am Heiligabend hängen.
Nachmittags sollte ich zwar vom Chef abgelöst werden, aber Pustekuchen, der kam nicht. Ich stand wie auf heißen Kohlen, denn ich sollte zu Hause den Baum schmücken.
Zudem fand ich es fürchterlich langweilig, denn außer einem schmusenden Pärchen in der äußersten Ecke gab es keine Gäste. Völlig genervt putzte ich am Tresen herum. Plötzlich öffnete sich die Tür und irgendein vermummtes scheinbar männliches Wesen mit etlichen prallgefüllten Plastiktüten und einem zusammengerollten Schlafsack unter dem Arm wurstelte sich mit seiner gesamten Habe ins Lokal hinein.
Mir blieb der Atem stehen, ›… solche Leute sofort freundlich hinauskomplimentieren‹, hörte ich förmlich die zickige Stimme meines Chefs im Hinterkopf.

Aber, bei Gott, das brachte ich nicht fertig. Ich stand da wie ein hypnotisiertes Kaninchen und schaute zu, wie er umständlich all seine Tüten nebeneinander an der Wand aufreihte und darüber sorgfältig den gerollten Schlafsack platzierte.

In Sekunden hatte er diese edle Stätte in eine Müllhalde verwandelt.

›Schön warm habt ihr es hier‹, meinte er bewundernd, während er auf einen unserer feinen Samthocker bei mir an der Theke seinen Platz einnahm.

›Ein Bier bitte‹, weckte mich der Mann aus meinen Betrachtungen.

›Ein Bier?‹

Eine äußerst blöde Frage von mir, wo ich ja für nichts anderes an dieser Theke zuständig war.

Aber bei mir ratterte sofort die Rechenmaschine, denn bei den Edelpreisen war ich mir nicht sicher, ob sich dieser Mann das leisten konnte.

Trotzdem servierte ich so schnell ich konnte das gewünschte Getränk.

Mich trug die Hoffnung, dass er dann auch schneller verschwand, zumindest bevor der Chef eintrudelte.

Das eine Getränk würde ich auf meine Kappe nehmen.

Mein Gast ahnte von den Gedanken nichts, die da in meinem Kopf herumpurzelten.

Während er Zug und Zug das Bier austrank, begann ich ihn von Kopf bis Fuß zu mustern.

Na ja, von der Kleidung her entsprach er nicht ganz unserem Klientel, denn bei uns verkehrte man in Anzug, Schlips und Kragen und diskutierte über die Börsenkurse, und was die Damen anbelangte, trugen sie ihre Gucci- und Pucci-Taschen zur Schau.

Bei der Plastiktütenparade hätten sie fluchtartig den Laden verlassen.

Also ein ganz schön aufgeblasenes, arrogantes Völkchen, das auf dicke Hose macht und oft nicht mal einen Cent Trinkgeld rausrückt.

Abgesehen von seiner ungepflegten Kleidung ging von diesem Mann nichts Böses, nichts Arrogantes aus.

Mit seinem dichten Bart, der wulstigen Strickmütze auf dem Kopf und dem dicken grauen Mantel, den ein etwas abgegriffener Pelzkragen krönte und dem großen Schal, der bis auf den Boden hinabreichte, wirkte er fast wie ein etwas heruntergekommener Weihnachtsmann.

Aber so schnell wurde ich ihn wohl nicht los.

Er kippte den letzten Schluck förmlich in sich hinein, stellte mit Schwung das Glas auf den Tisch und rief: ›Noch ein Bier bitte, Fräulein!‹

Dabei lachte er über das ganze bärtige Gesicht, dass seine nikotinvergilbten Stummelzähne im Mund weithin zu sehen waren.

Dieser Anblick brachte mich auf den Boden der Tatsachen zurück. Mit spitzen Fingern nahm ich das leere Glas weg und stellte ein volles vor ihn hin.

Meine besorgte Rechenmaschine sprang bereits wieder an, denn bei vier Euro pro Bier konnte ich, wenn der so weitermachte, meinen Tageslohn abschreiben.

Dann hatte ich eben einem bedürftigen Menschen eine kleine Weihnachtsfreude bereitet. Zu dieser Jahreszeit draußen zu leben, fand ich auch nicht gerade erhebend. Überhaupt: Wie hielt ein Mensch das überhaupt aus bei zehn Grad minus.

Plötzlich schlug alle Abwehr in pures Mitleid um.

Sollte doch mein Chef nur kommen. Der Mann wärmt sich hier schließlich nur mal richtig auf.

Zudem handelte es sich bei meinem Gast um einen großen, kräftigen Mann Wie sollte ich es schaffen, ihn mit Gewalt aus dem Lokal zu treiben?

Ich war schon froh, dass ich nicht allein mit ihm war, denn das Schmusepärchen blieb mir dauerküssend treu.

Nachdem mein grauer Weihnachtsmann das zweite Glas ausgetrunken hatte, rutschte er plötzlich vom edlen Hocker, ging zu seinen Tüten an der Wand und kramte laut knisternd in ihnen herum.

In der Fünften wurde er endlich fündig. Da winkte er aufgeregt mit den Händen, die in solchen Handschuhen steckten, denen vorn die Spitzen fehlen.

Ich griff bereits wieder nach dem Bierhahn, da rief er: ›Kein Bier mehr, ich möchte zahlen!‹

Ich winkte ab: ›Schon in Ordnung, geht aufs Haus!‹

›Nun komm schon, Mädel!‹ Reichlich zögerlich ging ich auf ihn zu, als hätte ich Angst, er könnte mich in eine der Tüten stecken.

›Es ist schon in Ordnung‹, versicherte ich noch einmal mit Nachdruck.

›Hier ist nichts in Ordnung. Ich möchte zahlen und Punkt!‹

Völlig verdattert murmelte ich: ›Na dann acht Euro.‹

Daraufhin rollte er umständlich ein Stück Papier auseinander und drückte es mir in die Hand, ein Zwanzigeuroschein.

Ich schaute auf dieses Geld, als wäre es das Erste was ich je in meinem Leben zu Gesicht bekam.

›Stimmt so‹, setzte mein Gast kurz hinzu.

›Das sind zwanzig Euro‹, bemerkte ich entsetzt.

›Aber heute ist Weihnachten. Sollen sich Menschen da nicht einander Freude bereiten!‹

Er lachte mich an, dass seine Augen wie zwei blaue Sterne nur so strahlten.

Dann packte er in Windeseile all seine vielen Beutel zusammen und ging los, hinaus – zurück in die Kälte.

Der Schein brannte wie Feuer in meiner Hand.

Kurz vor der Tür drehte er sich noch einmal um, wünschte mir fröhlich winkend: ›Frohe Weihnachten!‹ und verschwand.

In mir brodelte ein Cocktail der Gefühle.

Kein Zweifel, er war glücklich, denn irgendwo steht geschrieben, geben ist seliger denn nehmen.

Aber könnt Ihr Euch vorstellen, wie mir zumute war? Keiner von meinen reichen Nobelheinis hatte mir an diesem Tag ein erwähnenswertes Trinkgeld gegeben, und jemand, der nichts hatte, gab mir alles, was in seinen Taschen zu finden war.«

Während Tanja dies erzählte, putzte sich mancher verstohlen eine Träne weg.

Die Sache mit der Maus

Das Landleben hat doch seinen ganz besonderen Reiz. Ständig sind wir von duftigem Grün umgeben und wenn wir Glück haben, können wir Rehe auf der Lichtung sehen oder eine Schar Schäfchen am Straßenrand bewundern.

Wenn mir so etwas begegnet, kann es mich zu wahrer Verzückung hinreißen.

Gibt es doch den wundersamen Spruch: »Siehst du Schäfchen zur Linken wird Freude dir winken!«

Hier und da kräht ein Hahn und jede Menge Kühe stehen friedlich kauend auf der Weide.

Mit anderen Worten, auf dem Land können wir uns glücklich schätzen, dem Tierleben ein Stückchen näher zu sein.

Leider trifft das nicht für alle ländlichen Zeitgenossen zu.

Ein herzensguter Mensch aus meinem näheren Bekanntenkreis behielt, nach einer Begegnung mit der heimischen Tierwelt, einen körperlichen Schaden zurück. Kein Wunder das seine Begeisterung nun deutlich getrübt ist.

Besagter Freund saß friedlich in seinem Büro, ordnete Akten von links nach rechts, führte Telefonate, schrieb schließlich an einem sehr wichtigen Brief.

Kurz gesagt ein völlig normaler Bürotag.

Doch bei diesem Brief musste er ziemlich intensiv nachdenken, deshalb war es absolut still im Raum.

So still war es, dass er meinte sein eigenes Ohrenrauschen zu hören.

Und so vertieft im Denken und Schreiben, hegte er keinerlei Interesse für den Rest der Welt.

Dies ging auch eine Weile gut, bis er etwas vernahm, was ihn daran zweifeln ließ, wirklich allein im Raum zu sein.

Irgendetwas raschelte da in den zerknüllten Papierbällchen, die er wahllos auf den Boden geworfen hatte.

Denn bisher konnte ihn kein Entwurf des Briefes begeistern. Als er sich die Papierbällchen etwas näher anschaute, traute er seinen Augen kaum.

Sie lebten scheinbar, denn sie wackelten deutlich hin und her!

Um der Sache auf den Grund zu gehen, hob er eines von den Bällchen hoch.

Was er sah, löste allerdings keinerlei Begeisterung in ihm aus.

Zwei blanke kleine Knopfaugen schauten ihn tapfer an. Eine Maus!

Auge in Auge verharrten sie Bruchteile von Sekunden, dann zog das kleine Wesen es vor, schnurstracks unter dem Schreibtisch zu verschwinden.

Es ist ja allgemein bekannt, das selbst große, kräftige Elfanten hysterisch vor einem Mäuschen fliehen.

Unser Freund auch groß und kräftig, reagierte ebenso!

Er verließ augenblicklich sein einst friedliches Büro, als wäre eine Gruppe Löwen hinter ihm her.

Genauso verhielt er sich auch, wie ein richtiger Großwildjäger.

Er rannte in den nächst besten Eisenwarenladen und kaufte eine Flinte.

Nein, das tat er nicht!

Er deckte sich, dem Wild in seinem Büro entsprechend, mit einem Dutzend Mausefallen ein.

Jene verteilte er gleichmäßig in allen vier Ecken und um seinen Stuhl herum.

Völlig erschöpft von dieser Aktion kochte er sich erst einmal eine Tasse Kaffee und versuchte sich einigermaßen zu beruhigen.

Doch die rechte Konzentration für den Brief wollte sich nicht mehr einstellen.

Eigentlich hockte er da mitten in seinem Büro brachte keine Zeile zu Papier und lauerte nur darauf, dass irgendwann eine von den Fallen zuschnappte.

Keinen Blick konnte er von jenen Mordinstrumenten wenden.
So kann man auch den Tag rumkriegen, zumal ihm nicht sehr wohl bei dieser Sache war.

Denn wenn man es recht überlegte, blieb der Maus bei der Fülle an Hinterhalten kaum eine Überlebenschance.

Überhaupt begann er sich zu fragen, warum er diesem winzigen Wesen eigentlich so zielstrebig nach dem Leben trachtete? Denn von ihr ging ja nun weiß Gott keinerlei tödliche Gefahr aus!

Eine geschlagene Stunde verharrte er zweifelnd an sich, der Maus und dieser Welt, ohne dass sich irgendetwas rührte.

Und als er gerade dachte, die Jagd aufzugeben, trippelte plötzlich die kleine Maus dicht an der Fußleiste entlang, direkt auf eine der Fallen zu.

Das hätte unseren Jäger doch in wahren Freudentaumel ausbrechen lassen müssen.

Aber nichts dergleichen geschah.

Von einer Sekunde zur andern entdeckte er eine gewisse Zuneigung zu diesem kleinen Wesen. Deshalb setzte er alles dran es vor dem grausigen Ende zu bewahren.

Ohne Rücksicht auf sich selbst sprang er auf, um zu retten, was noch zu retten war.

Allerdings vergaß er in dieser ritterlichen Eile die um seinen Stuhl drapierten Fallen.

Klick, klack trat er in sie alle hinein, stolperte schließlich über eine von den Dingern und ehe er sich versah, lag er in ganzer Länge auf dem Bauch.

Und die Falle, die eben noch die kleine Maus bedrohte, hing deutlich schmerzhaft an seinem rechten Zeigefinger.

Ein jämmerlicher Anblick, dieser große ausgewachsene Mann dahingerafft von einer kleinen Maus.

Hier passt so schön der Satz: Wer andern eine Grube gräbt ...

Tagelang blieb dieser Großwildjäger gezeichnet von diesem Kampf, denn jeden Morgen ist er mit einem dicken Verband um Bein und Finger ins Büro gehumpelt.

Von der Maus allerdings hat man niemals mehr, auch nur eine Nasenspitze gesehen!

Die Kunst einen Faden einzufädeln

Knöpfe sind eine herrliche Sache, um damit ein Hemd oder eine Hose zu schließen.

Mitunter sind sie derart hübsch gestaltet, dass sie beispielsweise eine Bluse zu einem wahren Schmuckstück werden lassen.

Aber genau in dem Augenblick, wo man es absolut nicht gebrauchen kann, baumelt einer der wertvollen Stücke nur noch traurig an einem kläglichen Faden herab.

Und dies geschieht haargenau dann, wenn jede Minute zählt.

Das Taxi steht bereits vor der Tür und du armer Mensch musst noch einen kompletten Knopf annähen.

Wobei hier bemerkt werden muss, dass ein Taxifahrer möglicherweise mehr Geduld aufbringt, als der eigene Ehemann, der bereits das Auto aus der Garage gefahren hat.

Dieser uns liebevoll angetraute Mensch tritt ungeduldig von einem Bein aufs andere und scheut sich nicht, das ganze Programm seines Unmuts vor der gesamten Nachbarschaft abzuspulen.

»Auf dich muss man ständig warten«, tönt es die Straße rauf und runter.

In solchen Augenblicken hilft kein im Dreieck springen.

Da gibt es nur zwei Möglichkeiten!

Entweder sich komplett umziehen und eine bald mögliche Scheidung ins Auge fassen.

Oder wild entschlossen zu Nadel und Faden greifen!

Denn eins ist gewiss, in solch hektischen Momenten geht alles schief!

Mit allergrößter Sicherheit fällt gleich am Anfang die Garnrolle runter und kullert gemütlich unter das Sofa. Anschließend ist weit und breit keine Schere zu finden, folglich wird der Faden nach Steinzeitmethode einfach abgebissen.

Schon sind die nächsten Schwierigkeiten vorprogrammiert.

Zeigt es sich doch sehr bald als völlig unmöglich, einen ausgefransten, weich gesabberten Fadenanfang durch ein klitzekleines Nadelöhr zu führen.

Also empfiehlt es sich noch einmal gründlich nach der Schere zu suchen!

Hat man sie gefunden und den Faden fein säuberlich abgeschnitten, sehen wir plötzlich nichts mehr. Hoffnungsvoll treten wir näher ins Licht.

Nur das kleine Loch treffen wir nicht.

Die Brille muss her!

Na endlich, eine neue Welt, wir sehen den Faden und die Öse gleichermaßen.

Doch gerade in dem Moment als wir beinahe die Mitte getroffen hätten, startet unsere genervte Ehehälfte ein fürchterliches Hupkonzert.

Vor Schreck stürzt uns natürlich die mühsam aufgebaute Näh-Konstruktion zusammen.

Wir geraten in Panik, die Hände zittern, Faden und Nadel lassen sich einfach nicht mehr zusammenzubringen.

Völlig gestresst beginnen wir mutig von vorn, in der Hoffnung, es doch noch zu schaffen.

Und wenn wir denken wir hätten den Faden überlistet, landen wir genau neben der Geschichte.

Kein Wunder bei dem Getöse was draußen herrscht, dass die Nachbarn schon anfragen, ob sie helfen können.

Wie immer im Leben, siegt letztendlich die Beharrlichkeit!

Beim vierten Ansatz ist der Faden drin, in Sekundenschnelle der Knopf angenäht und schwups springt man ins Auto und los geht die Fahrt.

Während der ersten Kilometer knurrt so ein Ehemann noch mürrisch herum.

Aber irgendwann muss er feststellen, dass er doch die schönste Frau der Welt an seiner Seite hat, vor allem mit all diesen schönen Knöpfen an der Bluse.

»Das kann ich nicht!«

Je älter ich werde, umso mehr weiß ich den Satz zu schätzen, »Das kann ich nicht!« Irgendwann habe ich nämlich den Segen dieses Satzes begriffen:
Denn was ich nicht kann, muss ich nicht machen!
Eine denkwürdige Geschichte dazu, habe ich erst jüngst mit dem liebsten Menschen an meiner Seite erlebt.
Folgende Situation:
Ich hatte es sehr eilig, weil ich nachmittags unbedingt wichtige Dinge erledigen wollte, musste also pünktlich weg.
Vorher sollte aber noch gegessen werden. Kein großer Umstand, denn da lagen noch zwei Schnitzel im Kühlschrank, schnell einen Salat dazu und fertig!
Während ich schon meine Sachen sortiere, die ich mitnehmen wollte, sprach ich so ganz nebenbei zum liebsten Mensch an meiner Seite.
»Du könntest doch schon mal den Gurkensalat fertig machen.«
Da fallen diesem Mann doch links und rechts die Schultern runter und er schreit entrüstet:
»Das kann ich nicht!«
Mir blieb doch glatt die Spucke weg. Denn ich durchschaute sofort das Prinzip, »was ich nicht kann, muss ich nicht machen«.
Deshalb ging ich der Sache nach!
Immerhin stand hier die große Frage im Raum, wieso kann ein ausgewachsener Mann, mit leicht ergrautem Haar keine Gurke schälen, sie in Scheiben schneiden und anschließend etwas würzen, fertig ist der Gurkensalat?

Allein mit dieser Aufgabe hatte ich den liebsten Menschen an meiner Seite konfrontiert.

»Nein, kann ich nicht!« Hat er noch einmal bekräftigt.

»Ich meine mich erinnern zu können, dass du bei der Bundeswehr gedient hast, musstet ihr da nicht auch so manches tun?«

»Ja schon, aber nicht kochen! Ich war Funker! Falls ich dir was funken soll, das kann ich!«

»Also hier funkt es gleich in der Küche«, drohte ich, denn ich fühlte mich schon heftig auf den Arm genommen.

»Aber, aber«, beschwichtigte mich dieser Mensch, und schaute mit seinen großen braunen Augen tief in meine grünen. Dazu setzte er sein zauberhaftestes Lächeln auf und legte liebevoll den Arm um mich.

Zu jeder Zeit wäre ich auf diesen Schmus mit Locken reingefallen.

Diesmal nicht!

Hier nicht!

Ziemlich entschlossen hielt ich daran fest, grad in diesem Augenblick mal durchzugreifen und einen Kochkurs abzuhalten.

Kochen ist zudem in!

Wenn man den Fernseher einschaltet, stehen zu 99 Prozent Männer am Herd.

Warum nicht auch der Meine?

»Also«, wand ich mich aus der liebevollen Umärmelung, »hier haben wir die Gurke und hier das Schälmesser und nun fang an!«

»Wie?«

»Du nimmst die Gurke in die linke Hand und mit der rechten ziehst du mit dem Messer immer von oben nach unten die Schale ab.«

»Aha, aber ich bin Linkshänder!«

»Gut, dann eben umgekehrt!«

Und siehe da, es ging!

Innerhalb von Minuten lag die Gurke fertig geschält da.

»Und nun?«

»Nun nimmst Du hier diesen Gurkenhobel und damit wird die Gurke in hauchdünne Scheiben gehobelt.«

»Na gut mach ich«,

Los ging's!

Gurke links, Hobel rechts und in flinken Bewegungen wurde das Stück Gurke klein und kleiner, ganz klein, schließlich nur noch ein Zipfel und schwups wurde aus dem Zipfel gar ein Zipfelchen.

Was zur Folge hatte, dass die Finger dem Messer bedenklich näher kamen.

Ich wollte grad warnen: »Pass auf ...!«

Zu spät!

Daumen, Zeigefinger und Mittelfinger hatten bereits deutlichen Kontakt mit den scharfen Messern und ...

Da war Holland in Not!

Das winzige Gurkenzipfelchen flog quer durch die Küche, der Mann mit den leicht ergrauten Haaren sprang quer durch den Raum und von den zerschnittenen Fingern tropfte tiefrot das Blut.

Da mir der Verletzte mir die Hand demonstrativ entgegenhielt, verteilte sich das Blut in munteren Spritzern in der gesamten Küche.

Schreie nach Pflaster, Verbandszeug und einem Sanitäter wurden laut.

Zur schnellen Erstversorgung griff ich ein Geschirrtuch und fing die Hand ein.

Anschließend schleppte ich ordentlich Verbandszeug herbei.

Die Wunden wurden verbunden und der verhinderte Chefkoch ließ sich erschöpft in den Sessel fallen.

Ich kehrte reuevoll in die Küche zurück und vollendete das Werk.

Als wir dann endlich essen konnten, meinte der liebste Mann an meiner Seite:

»Siehst Du, hab' ich doch gesagt, das kann ich nicht!«

Der Freund des Hauses

Warum eigentlich wird so glasklar zwischen »Hausfreund« und »Freund des Hauses« unterschieden? Darüber habe ich mir mal gründlich Gedanken gemacht und tatsächlich festgestellt, dass jene Unterschiede absolut gravierend sind.

Fangen wir mal mit dem »Hausfreund« an.

Er kommt ins Haus, doch sein Besuch gilt in erster Linie der Hausherrin.

Deshalb kommt er auch nur, wenn der Hausherr nicht da ist!

Für ihn eine einfache, vergnügliche Sache, er verlebt mit »ihr« ein paar schöne erholsame Stunden und geht irgendwann in seine Welt zurück!

Wie gesagt, allein Vergnügen ist hier Trumpf!

Es wird nur die Schokoladenseite präsentiert, denn kaum zu beschreiben welchen Aufwand »sie« betreibt, wenn sein Kommen angesagt ist.

Und hier zeigt sich schon ein gewaltiger Unterschied zum »Freund des Hauses«, niemand putzt sich raus, wenn jener auf der Schwelle steht!

Er gehört sozusagen wie der Wellensittich, der Goldhamster oder der Kater zur Familie.

Der arme Kerl hat seinerseits die gesamte Familie am Hals. Ungeschminkt breitet man das Leben vor ihm aus.

Er kennt alle Freuden alle Launen!

Ziemlich oft muss er sich geduldig stundenlange Diskussionen anhören, wenn es irgendwo Ärger gibt.

Mit ihm werden alle politischen, ökologischen und wirtschaftlichen Entwicklungen der gesamten Welt bis auf den Grund des Meeres durchgekaut.

Drei Anrufe am Tag sind keine Seltenheit und können in ständige Telefonbereitschaft für ihn ausarten.

Eigentlich wird ohne ihn nichts entschieden!

Geht es darum ein neues Auto, Handy oder Kühlschrank zu kaufen, seine Meinung wird eingeholt und seine Erfahrungswerte schonungslos ausgenutzt.

Er ist Katzenhüter und Taxifahrer in einem.

Er muss mitten in der Nacht sein warmes Bett verlassen, wenn die Herrschaften einen Flug nach Übersee gebucht haben, um die Reisenden zum Flugplatz zu kutschieren.

Trotz all der Belastung, die der arme Kerl mit diesen Menschen ertragen muss, zieht er andererseits auch großen Nutzen aus dem eng verknüpften Leben.

Denn da der »Freund es Hauses« meist unbeweibt ist, lernt er eine Menge.

So kommt es dazu, dass jener recht bald ein Schild mit extra großen Buchstaben über dem Bettchen hängen hat:

»Mensch sei helle bleib Junggeselle«.

Glücklich die Hände reibend sitzt er darunter, öffnet ein Fläschchen Wein und feiert mit sich selbst sein unkompliziertes, stressfreies Singleleben.

Das klingt hier alles nach klarer Trennung der Gegebenheiten, aber es soll auch schon vorgekommen sein, dass selbiger »Freund des Hauses« zum »Hausfreund« mutierte.

Eine fatale Geschichte, wenn das passiert!

Durcheinander, Missverständnisse und bühnenreife Dramen sind dann vorprogrammiert. Da kommt Leben in die Bude und Umzugsunternehmen kriegen eine Menge zu tun.

Ich persönlich halte den »Freund des Hauses« für die gemütlichere Variante: Jeder weiß wo sein Plätzchen ist und trotzdem hält man zusammen wie Pech und Schwefel.

Name _____

Straße _____

Wohnort _____

Hiermit bestelle ich: (jeder Titel 9,80 €)

____ »Tor zum Paradies« (Gedichte) _____ €

____ »Was macht der Sand am Strand« _____ €

____ »Mittendrin und doch daneben« _____ €

____ »Im Po Sand« _____ €

____ »Schmetterlinge im Dezember« (Gedichte) _____ €

____ »Gänseblümchen haben kleine Flügel« _____ €

____ »Ein Flügelschlag Gedanken« (Gedichte) _____ €

____ »Möwenklecks und Muschelkuß« _____ €

____ »Gestreift, getupft und dreimal schwarzer Kater« _____ €

____ »Brigittes Landleben« _____ €

____ »Ein Hauch Freudentränen« (Gedichte) _____ €

____ »Plausch am Zaun« _____ €

____ »...denn ich bleib' immer Deine Mutter« _____ €

____ »Attila der Hundekönig« _____ €
____ »Das Glück ist wie die Sonne – CD« _____ €
  Porto und Verpackung _____ €

☐ bar anbei   ☐ Scheck anbei   _____

☐ Überweisung (Durchschrift mit Bankstempel anbei)
Sparkasse Marburg-Biedenkopf (BLZ 533 500 00), Kto. 11 60 155 201

Verlag B. Koischwitz · Am Hanig 15 · 35075 Gladenbach